빛으로
흐르는 강

빛으로 흐르는 강

발행일　　2017년 03월 31일

지은이　　최 영 만
펴낸이　　손 형 국
펴낸곳　　(주)북랩
편집인　　선일영　　　　　　　　　　편집　　이종무, 권유선, 송재병, 최예은
디자인　　이현수, 김민하, 이정아, 한수희　제작　　박기성, 황동현, 구성우
마케팅　　김회란, 박진관
출판등록　2004. 12. 1(제2012-000051호)
주소　　서울시 금천구 가산디지털 1로 168, 우림라이온스밸리 B동 B113, 114호
홈페이지　www.book.co.kr
전화번호　(02)2026-5777　　　　　　　팩스　　(02)2026-5747

ISBN　　979-11-5987-505-2 03810(종이책)　979-11-5987-506-9 05810(전자책)

이 도서의 국립중앙도서관 출판예정도서목록(CIP)은 서지정보유통지원시스템 홈페이지(http://seoji.nl.go.kr)와
국가자료공동목록시스템(http://www.nl.go.kr/kolisnet)에서 이용하실 수 있습니다.
(CIP제어번호 : CIP2017007968)

(주)북랩 성공출판의 파트너

북랩 홈페이지와 패밀리 사이트에서 다양한 출판 솔루션을 만나 보세요!
홈페이지 book.co.kr　　　　　　　　　1인출판 플랫폼 해피소드 happisode.com
블로그 blog.naver.com/essaybook　　　　원고모집 book@book.co.kr

빛으로 흐르는 강

최영만 장편소설

자식을 낳지 않는 시대에
남의 자식을 거두어 키운
한 보통 여자의 비범한 선택

북랩 book Lab

차례

오누이의 데스크

"오빠, 나는 유치원과 학원을 며느리에게 넘기고 나니, 시간이 남아돌아 그동안 못 봤던 책도 볼 수 있어 수필도 쓰고 그러는데, 괜찮지요?"

"괜찮고 말고. 나이 먹으면 치매가 두렵다는데, 그냥 멍청이로 있으면 우울증에 걸리기 쉽고, 나중에는 치매로까지 갈 수도 있다지 않은가."

"오빠, 그런데 책을 보다가 생각이 떠오르는 것이 있어요."

"뭔데?"

"공산주의는 인간의 심리를 파악하지 못하고 내세운 주의라고 저는 생각돼요."

"그래?"

"식물은 물이나 온도 같은 먹을 것을 가져다줘야만 생존할 수 있고, 동물은 식물과 달리 자기가 알아서 찾아먹어야만 생존할 수 있잖아요."

"그건 그렇지?"

"스스로 찾아먹지 않고는 생존할 수 없는 것들은 생존법칙에 의해 다툼이 있을 수밖에 없다는 것이 곧 자본주의 아닌가요?"

"그래, 창조론을 따지기는 너무 광범위해서 무시하더라도, 공산주의는 윤리도덕을 중시하자는 주의로 달콤하기는 하지. 그러나 인간은 생존법칙 앞에서 무릎 꿇지 않을 수 없겠다는 생각도 든다만…"

"이것이 식물과 동물의 생존법칙인데도, 공산주의를 주창한 마르크스는 인간의 심리를 유물론으로만 봤다나 봐요."

(마르크스는 헤겔 철학의 핵심적인 부분, 특히 변증법적 사상을 잘 보존했으나 헤겔의 관념론적 경향에는 반대했다. 그래서 '거꾸로 물구나무선' 헤겔의 관념론을 유물론적 바탕 위에 바로 세우고자 했다.)

"네 말을 듣고 보니, 그런 이론은 인간 정신세계를 바로 세워야 한다는 논자들의 지침이지. 나는 그렇게 살겠다는 자기 선언은 아닌 거야."

"그렇게까지는 아니더라도, 인간답게 살겠다는 모습은 안 보이고 가르치려 드는 자들만 득실거려 보여요."

"잘하기를 바라는 것 자체가 잘못이만, 지식들은 인색하면서 가르치려 드는 태도는 대단들 해서, 아니라고 말하고 싶지만 그게 안 돼 안타까워."

"예수님이 가르치시려만 했다면, 기독교는 아마 없었을지도 모르고요."

"얘기하다 보니 기독교 문제까지로 가버렸네. 하지만 이 세상에 태어난 이상 물질로든 뭐든 보다 행복하겠다는데, 말릴 사람 있겠어?"

"행복을 위해 죽기 살기로 덤벼드는 맘들에게는 불행이 기다리고 있지 않겠어요?"

"자본주의는 결과적으로 잡아먹자는 주의인 것이다."

"비꼬는 말이겠지만, 공산주의는 권력을 갖자는 주의고, 자본주의는 종을 부리자는 주의로 보여요, 현실적으로…"

"그렇긴 하지만, 우리나라가 자본주의를 표방하고 달려왔기에 이만큼이라도 살게 된 거 아냐?"

"그래서 공산주의는 간판만 그대로일 뿐 자본주의겠지요."

"행복을 따지면 공산주의가 더 나을 것도 같지만, 많이 갖겠다는 자본의 심리를 잠재울 수는 없겠지."

"그래요, 많이 가지려면 빼앗을 수밖에 없겠지요."

"그래, 생각해보면 너는 어려서부터 이론에 강했지. 나 역시 누구도 인정해주지 않는 이론만 강했던 사람 같지만."

"아니에요, 오빠는 이론만이 아니라 실천하려고 애를 쓰셨어요."

"그리고 보면 너는 천상 내 여동생이고, 나는 네 오빠다. 옥숙아, 지금 우리가 나누고 있는 얘기가 누구에게도 도움은 안 되겠지만, 이런 얘기라도 나눌 수 있다는 것을 큰 축복으로 여겨야 할 것 같다."

서옥숙의 큰오빠는 행복한 표정으로 차려진 과일을 집어 든다.

"이런 문제를 통쾌하게 풀어줄 통치자는 나오기 어렵겠지?"

"오빠도 그렇게 생각하실지 모르겠지만, 결과적으로 대한민국을 우습게 만들어버린 박근혜 대통령을 보면서 궁금한 것이 생겼어요."

큰오빠는 기분이 매우 좋은가 보다. 어찌 그러지 않겠는가. 제 고집대로 나이 많은 홀아비와 결혼해버려 속상하기는 했지만, 어려서

부터 귀엽게만 굴던 여동생인데 말이다. 올케가 차려온 다과를 권하면서 큰오빠는 말한다.

"너는 어려서부터 궁금한 것이 많더라. 그래, 궁금한 게 또 뭔데?"

"박근혜가 대통령이 된 것은 민주주의가 만들어낸 거 아니에요? 그러면 민주주의가 장점만은 아닌 것 같다는 생각이 들어요."

"그래, 개혁을 해야 한다고 소리들을 높여도 개혁을 어떻게 할지는 두고 봐야겠지만, 맹점은 어쩔 수 없이 또 나타나게 되어 있어."

"지나가다 얼핏 들었는데, '박근혜 대통령은 임기 마치자마자 독일로 도망가기 위한 사전 작업으로 최순실을 이용한 것은 아닐까?' 그러대요."

"형제들은 있어도 남남 같고, 자식도 없다면 그런 생각도 해볼 수는 있겠으나, 아닐 테니 그만두자."

"그래요, 박근혜 대통령 얘기를 하다 보니 거기까지 갔네요. 대통령이 되겠다는 인물들마다 믿음이 안 가는데, 지금의 대통령궁인 청와대 건물을 다른 용도로 하겠다는 후보를 지지할까 봐요."

"왜?"

"시대를 거스르고 너무 권위적이어서요."

"그런 말을 들으니 오바마 전 미국 대통령이 생각난다. 오바마 대통령에게서는 권위주의를 찾아볼 수 없었는데 말이야."

"사람의 심리는 상대가 강해 보이기보다 약해 보이는 것을 더 좋아하지 않을까요?"

"그렇긴 하지만 사회질서 유지를 위해서는 권위도 있어야 하겠지."

"그렇지만 내가 누구인지 알아달라는 권위는 누구도 싫어할 걸요."

"그래, 하물며 종교 지도자들조차도 권위주의가 지나칠 정도지만…."

"권위주의는 상대를 멀리하게 되는 결과만 낳는다고 저는 생각해요."

"그래, 권위주의자 자신들도 다 알고 있는 문젠데, 고쳐지지 않는 것은 왜일까 모르겠다."

"처음부터 '감사합니다', '미안합니다'를 배우지 못한 탓 아닐까요?"

"그것은 배우는 게 아니라 가정생활에서 습관화하는 건데 말이다."

"개혁론자들 가정을 들여다볼 수는 없지만, 높은 자리만 꿈꾸게 한 부모들 탓이 매우 크다고 저는 봅니다."

"우리라고 당당하게 말할 수는 없겠지만, 우리 부모님은 남을 돕자는 데 앞장서셨지. 지금 와서 생각해보니, 네가 부모님의 유전자를 이어받았구나."

"제가 부모님의 유전자를 타고났는지는 몰라도, 미운 사람이 별로 없어 다행이에요."

"네가 그런 맘이기에 올망졸망한 세 아이들 엄마로 살아준 게지. 아무튼 대단하다."

서옥숙도 큰오빠가 부모같이 따뜻하다는 느낌인가 보다. 상에 놓인 사과를 포크로 찍어 드린다.

"오랜 일이라 기억나실지 모르겠지만, 중학생일 때 오빠에게 귀찮게 물었던 제 궁금증을 오빠는 짜증 한 번 없이 다 풀어주려고 하셨던 것 같아요. 감사해요."

큰오빠가 무슨 생각으로 교직에서 떠나게 되었는지는 모르겠지만, 교직을 그만두고 사업에 뛰어들기는 했어도, 이론에 강한 성격으로 궁금증을 가지고 가면 귀찮다고 안 하고 좋게만 받아주었던 같다.

"감사가 다 뭐냐. 내가 너한테 그렇게까지 했었나 기억에는 없지만, 너는 여간 귀여운 동생이 아니었지, 귀엽지 않고서야 네가 묻는 말에 다 대답하려고 했겠어? 지금도 좋지만…"

"오빠, 삶에서 발전이라는 문제를 따로 하고 말할 수는 없겠지만, 스마트폰 같은 기기들이 가져다주는 것이 있다면 뭘까요?"

"그런 기기들이 가져다주는 것이라곤 편리성밖에 더 있겠어. 그보다 더 중요한 삶의 질인 행복이 빠진 건데."

서옥숙은 스마트폰에 담긴 사진들을 본다. 떠나가신 친정 부모님 자리에 큰오빠가 대신 앉아 계신다는 생각 때문일까. 젊어서야 아닐지 몰라도, 살붙이가 없는 상태에서 나이를 먹으니 친정집이 생각나곤 한다. 그래서 몇 달 만에 이렇게 왔는데, 큰오빠도 여동생이 좋은지 반갑게 맞아주고, 기억해둘 것까지는 아닌 말이지만 이런저런 얘기가 계속 이어진다.

"그래, 시대적인 것을 외면하고 살 수는 사실상 어려워졌지만, 삶의 질인 행복지수를 스마트폰 같은 기기가 망가뜨리고 있다고 봐야겠지."

"오빠, 저는 스마트폰과 같은 것들은 행복하자고 만들어진 것이지만, 결과적으로는 그것들로부터 발생한 해악도 결코 작지 않다고 보여요."

"해악 말이 나왔으니, 그런 문제에 있어 인간은 윤리도덕을 살려야 할 텐데, 짐승들의 본성을 답습해버린 것 같아 씁쓸하기도 하다."

"자본주의는 부자와 가난한 자가 있을 수밖에 없는 주의로, 그것을 막자는 것이 공산주의가 아닐까요?"

(자본주의, 공산주의 - 우리는 흔히 경제사적인 측면에서 세계를 지배하는 데 있어서 결정적 역할을 해온 이데올로기로 자본주의와 공산주의를 들고 있다. 아담 스미스의 『국부론』에서 정리되었다고 할 수 있는 경제적 민주주의인 '자본주의'가 세계 대다수 국가들의 경제 통치 이데올로기로 채택되고 있을 때, 세계의 또 다른 곳, 즉 러시아에서는 역사의 다른 획을 긋는 경제사회적 이데올로기가 대두된 바 있다. 칼 마르크스와 프리드리히 엥겔스는 1848년에 '공산당선언', 1894년에 '자본론'을 통하여, 모든 자원이 국유화되고 전 국민이 국가 기관을 위해서 일해야만 하는 경제 시스템인 '공산주의'를 주창한 바 있다.)

"공산주의를 그렇게 볼 수도 있겠지만, 그것은 어디까지나 이론뿐이라는 것을 베를린 장벽이 그대로 보여준 거 아냐."

"공산주의를 내세운 사상 이념은 견고한 것 같아도, 인간 심리를 보면 무너질 수밖에 없겠지요."

"그것도 그렇고, 이건 남편들의 입장이지만, 아내를 품자고 해도 TV를 꺼야 품든지 말든지 할 건데, 아내들은 그런 기기들에만 취해 있으니…."

"서운하지만 그것도 자본주의가 가져다준 현상이라고 봐야겠지요?"

큰오빠야 그렇게 말은 하지만, 올케는 남편을 위한 아내라는 생각으로 산다는 느낌을 받는다. 이렇게 올 때마다 봐도 큰오빠 말에 토를 다는 일이 없어 보여서다.

"가정이라는 말은 아내라는 말인데, 아내가 그런 기기에 정신이 팔려 있다면, 가정이지만 알맹이가 빠진 가정이라고 봐야 하지 않을까 싶다."

"오빠 말씀대로 저도 가정은 아내라고 생각해요."

그렇다. 서옥숙은 남편에게 얼마나 잘하는가. 물론 남편도 아내 서옥숙에게 엄청 잘하지만….

"면전에서 칭찬하기는 좀 그렇다만, 네가 누군데 세상을 허투루 생각하고 살겠냐?"

"그렇지만 오빠, 미안해요. 남편 나이가 오빠보다 네 살이나 많아 말을 낮출 수도 없게 해서."

지금의 매제가 동생 같은 나이라면 늘 불러 "우리 바람 쐬러 가세." 하며 좋아할 큰오빠인데…. 오빠는 키는 좀 작은 편이지만(165센티미터), 대신 당차고 화통해서 누구든 좋아한다.

"사실 그렇긴 하다. 매제와도 잘 지내려면 나이 순서도 맞아야 하는 건데…."

"그래서 오빠에게 말씀드리는 거예요. 매제는 친인척 중 가장 가까운 관계로 오고가고 그래야 정도 붙고 그럴 텐데. 오직 나이 때문에 그렇지도 못해서서…."

"너는 좀 특별하게 살아가고 있어서 그런 문제는 안중에도 없는 줄 알았는데, 다 알고 있었구나. 그래, 네가 누군데…."

"그건 그렇고, 사회주의-민주주의, 공산주의-자본주의 이런 주의 말고 다른 주의는 안 될까요, 오빠?"

"그렇구나, 다른 주의도 생각해볼 수는 있겠지만, 사회주의는 창조 질서를 따르자는 것이고, 민주주의는 독식을 못 하게 법을 만들어 거기에 순응하자는 뜻일 것이다."

"그렇게 보면 사회주의는 구약성경에서 말하는 '여자는 남자의 갈비뼈로 만들어진 것'을 인정하라는 주의는 아닐까요?"

"얘기가 거기까지 가버렸냐. 그래, 생각해보면 여성들의 아름다움은 남성들을 위함일 것 같기도 하다. 여성들 비하발언 같아 조심스럽지만, 무용 같은(오늘날의 무용은 대접을 받지만, 전에는 어디 그랬는가. 벼슬아치들 앞에서 꼭두각시였음을 아는 사람만 알까) 것도 그렇고…."

"그렇게 보면 민주주의는 박 터지게 싸워 이기는 자가 차지하자는 주의가 되겠네요."

"민주주의 이론이야 다양한 생각을 테이블에 올려놓고 토론을 거쳐 다수결에 의한 결정을 따르자는 데 있지. 하지만 따지고 보면 물질 문제가 개입될 수밖에 없는 주의로, 이번 국정농단도 민주주의가 가져다준 폐해라면 폐해일 수 있지 않겠어?"

"그렇다고 해서 다른 대안도 없이 민주주의는 안 된다고 할 수도 없고…."

"그렇지만 사회주의는 자연발생적으로 된 주의니, 민주주의보다 한참 먼저 탄생했다고 봐야 하지 않을까 싶다."

"그래요, 먼저고 나중이고가 어디 중요하겠어요. 통치자는 제도 운영의 묘를 대다수 국민이 바라는 쪽으로 살리면 될 것을 그러네요."

"정치계는 정치 개혁이 국가를 잘 굴러가게 할 줄 생각하는지는 모르겠지만, 정치 개혁을 해도 운영의 묘는 남아 있어."

"어떤 제도든 맹점이 없을 수는 없겠지만, 이번 국정농단은 정말 실망이에요."

"다음 대통령에게 바라기는, 퇴임식에서 '국민 여러분, 대통령 취임 사에서 국정을 잘 이끌겠다고는 했으나, 결과적으로는 국민들에게 어려움만 드리고 퇴임하는 것 같아 죄송합니다.'라고 말하는 대통령 이 나오면 좋겠다. 하지만 어림도 없는 바람이겠지."

"그래요, 대통령만이 아니라, 노환으로 운명 직전에 있을 때 가족 들을 불러 '너희들 때문에 행복했다, 너희들도 행복해라' 이렇게 말 하고 떠났다는 얘기를 아직까지는 못 들었어요."

"그렇게는 쉽지가 않아. 그동안의 인생은 운명으로 끝이겠지만, 박근혜 대통령은 통치자로서 이렇게만 안 했어도 다른 말은 없었을 텐데…."

"박근혜 대통령이 10년 전에(2007년 1월) 노무현 대통령에게 '참 나 쁜 대통령'이라고 했는데, 그때 했던 말이 기억에 없겠지요?"

"기억? 글쎄?"

"개혁을 주장하는 측은 자기 쪽이 유리할지를 따져 말하겠지요."

"창조질서에 의하든 만들어진 법령에 순응하든, 그런 제도 하에 살아갈 수밖에 없다면, 인정해주지 않은 고집보다는, 그대는 나의 친구고 나는 그대의 이웃으로 살겠는 맘가짐이면 다 되는 거 아냐?"

"그래요, 책을 좋아하기는 했어도 많이는 안 봤지만, 고등학생 때 봤던『죄와 벌』이 생각나요.『죄와 벌』이 문학 세계를 대표하는 책으 로 문학인들은 보겠지만, 기독교인 입장에서 보면 영의 주권자인 신이 바라보는 시각차를 그리고 있다고 저는 봤어요."

"그래, 『죄와 벌』은 학생들의 필독서지. 나도 봤지만 청년, 전당포 주인, 창녀를 등장시킨 것은 권력자, 돈 많은 부자. 천민의 종교적 얘기를 문학이라는 필체로 에둘러 말하고 있다고 본다."

"4복음서를 보면 예수님은 말씀을 직접 하신 것이 아니라 항상 비유로 하셨어요. 그리고 '귀 있는 자는 들을지어다.'라고 말씀하셨는데, 이런 성경 구절을 작가는 참고했으리라는 생각도 들어요."

"하나님이 어느 편에 서고 싶으실지 작가는 적고 있는데, 그리스도인들에게 말하는 책으로 권하고 싶은 책이다."

여동생으로서는 말뿐만 아니라 지금에 와서 드는 생각이지만, 큰오빠는 아버지 같은 존재라고나 할까. 그렇지만 순하지만은 못한 성격이다 보니, 아니다 싶으면 그냥 보고만 못 있어 다투기도 했다. 남성으로서는 그것이 장점일 수도 있겠지만, 그랬던 큰오빠가 아닌가. 따지고 보면 윤리도덕을 따지는 인간이지만, 주어진 힘이 약하면 힘센 것들에 의해 잡혀 먹힐 수도 얼마든지 있지 않은가.

오빠는 사업하다 얼마 전에 그만두기는 했지만, 사업도 장사도 그런 논리 앞에 우리는 살아간다고 봐야 하지 않겠는가. 여성들은 순한 성격을 지녀야 대접받는다면, 남성들은 반대의 성격이라야 대접받을 수 있을 것이다. 그렇게 보면 큰오빠가 지금은 노인이 되었지만, 젊어서는 남성다웠던 것 같다. 이렇게 남자다운 큰오빠가 누구의 말도 안 듣고 동생이 고집대로 애가 셋이나 딸린 나이 많은 홀아비와 결혼하려 했을 때, 왜 그냥 보고만 있었는지 서옥숙은 궁금하기가 벌써부터인데….

"오빠는 애 셋이나 딸린 홀아비와 결혼했을 때, 왜 안 된다고 말리지 않으셨어요?"

"그래, 말리고 싶었지, 왜 안 말리고 싶었겠냐. 그렇지만 아무나 할 수 없는 숭고한 네 고집이 견고해 포기했다고나 할까. 지금 생각해 보면 그랬었던 것 같다."

오빠 말대로 동생의 고집을 보면 지금 남편과의 결혼을 말릴 수 없었을 테니, 부모님도 속상하셨겠지만 큰오빠도 얼마나 속상했을까?

"다 지난 얘기지만 오빠, 미안해요."

"대놓고 말하기는 좀 그렇다만, 너는 참 인간으로서의 삶을 산 것이다."

"그냥 살아진 것이 대접인 것이지요."

"아니야, 네 회갑 때 봤지만, 너의 숭고한 정신은 한 가정만이 아니라 그 자리에 참석한 분들의 생각도 달라지게 했을 거야. 나는 그렇게 생각해."

"오빠는 그렇게 보실지 모르겠지만, 저는 살붙이가 없어요."

"그래, 그 점이 아쉽기는 하다만, 의인 열 명이 없어 망한 소돔과 고모라를 생각하게 한다."

"그렇게 말씀하시니 국가 어른들 모임도 있을 것 같은데, 이런 일에 아무 말이 없어요."

"나도 그런 생각이다. 성명서라도 내놨으면 하는데 말이다."

"그런 말을 포함해 제 넋두리를 오빠 앞에서 중얼거리는 것 같아 죄송해요."

"죄송하긴 내 동생 일이라 장해서 칭찬할 일이지…"

그래, 팔십이 된, 사실상 노인으로 다 지난 일을 기억할 필요도 없는 전날 얘기를 가지고 새삼스럽기는 하나, 큰오빠 서영길은 진정일 것이다.

"설 명절도 며칠 안 남았는데, 캐나다에 사는 셋째 정섭이가 이번 설 명절에도 오겠다고 전화는 있었어요?"

"그래, 전화로는 오겠다고 하더라만, 국내도 아니고 외국인데 해마다 오겠어? 사업하는 사람이기도 해서…."

지금까지 본 셋째 조카 성격으로는 못 오면 못 왔지 핑계를 대면서까지 못 올 것 같지는 않지만, 큰오빠 표정은 셋째 아들이 보고 싶은 생각은 별로 없으신가 싶다.

"전날 기억이 생생한데, 우리가 도시로 오기 전 오빠가 열여덟인가 열아홉인가? 아무튼 청년 때 휘파람을 잘도 부셨는데, 좋은 일 때문에 그러셨지요?"

"좋은 일은 무슨…."

"오빠는 항상 긍정적인 모습으로 보이긴 했지만…."

"그때는 너나없이 가난들 해서 그랬는지는 모르겠지만, 휘파람을 못 불 만큼 걱정거리가 별로 없기도 해서 그냥 불어진 것이 휘파람이었을 거야."

"휘파람 얘기를 하고 보니 궁금해지는 것이 있어요."

"뭐가 또 궁금한데?"

"휘파람을 여자들이라고 못 불지는 않았을 텐데, 왜 남자들만 불었을까? 그런 궁금증 말이에요."

"글쎄? 말을 듣고 보니 그렇긴 하다만…."

"휘파람을 남자라고 해서 다 분 게 아니라 총각들만 불었던 것 같은데…. 오빠는 기억나세요, 결혼하고부터는 왜 불지 않으셨는지?"

"야, 너는 상상이 대단하다. 나는 그냥 휘파람으로만 생각했는데…."

"처녀 집 앞을 지나게 될 땐 꼭 불곤 했다면, 그대를 좋아하는 총각이 지나간다, 그런 신호음은 아니었을까요?"

"그런 말도 말이 될 것 같다만, 그런 감정까지는 나는 아니었던 같다. 여자들 앞에서는 숙맥이라서 그랬는지 몰라도."

"오빠가 아무리 점잖게 살려고 해도 어디까지나 총각으로 아리따운 처녀가 보일 것은 당연한 것인데, 우리 집으로부터 여덟 번째 앞집 남산 양반댁 조말례 처녀가 있었다면서, 그런 처녀도 안 보이셨단 말이에요?"

"그래, 연정으로 본 게 아니라 그냥 동네 처녀로만 봤던 것 같다, 지금 생각해봐도…."

그때는 처녀총각이 행동으로 좋아해서는 안 되는 시대라, 좋고 안 좋고 없이 부모님이 맺어주면 그대로들 살았다.

"오빠는 장남이라서 동생들에게 신경을 많이 쓰셨을 텐데, 내가 철딱서니 없이 행동할 때는 어떠셨어요, 많이 미우셨지요?"

"솔직히 말하면 밉기도 했지. 지금은 고맙지만."

큰오빠도 아버지가 정해준 지금의 올케를 만나 조카들을 낳고 그렇게, 그렇게 살아가다, 이제는 어쩔 수 없이 노인이 되었다. 하지만 오빠의 모습이 동생인 자신을 보고 있다는 느낌이다. 누구도 말릴 수 없는 철없는 고집으로 올망졸망한 세 아이들을 둔 홀아비와 결혼했고, 키워준 그 아들들로부터 대접을 받고는 있으나, 앞으로 몇 년이면 큰오빠처럼 노인이 될 텐데. 그런 생각에 젖는 서옥숙은,

"우리는 신앙인이라 신랑감에 있어서는 사주도 궁합도 볼 필요 없지만, 사주, 궁합은 아무것도 아닌데 그때는 왜 그렇게들 했나 몰라요."

"오늘날에는 그렇지 않은 대신 결혼 상대 신랑감을 시부모가 있는지도 본다는데, 세상이 어떻게 돼갈지…."

"오빠, 지금 드시는 약 있으세요?"

"있지, 그렇게 높지는 않으나 혈압약과 심근경색 약뿐이지만…."

"연세가 드신 어른들로서 그 정도의 약은 어쩔 수 없겠지만, 오빠 오래오래 건강하세요."

여동생으로서 당연한 말이지만, 지난번에 들려준 얘기가 생각난다. 거리로는 5백 미터 정도 되는 들녘 건너편 마을 유일성 청년이 부른 퉁소 소리는 가을밤을 애절하게 했는데, 밤하늘 별들도 아마 숙연해졌을 것이라고 했다. 유일성 씨는 십 몇 년 전에 대장암으로 떠나고 말았다. 그 친구는 악기를 다루는 천재성을 타고 났을까? 다 같은 재능은 아니지만, 그의 동생들 유이성, 유삼성, 유오성도 나름의 재능을 지니고 있었다는 오빠 말이 생각난다.

"그래, 너도 이제 칠십이 다 됐으니 건강 잘 챙겨라."

"예, 오빠…."

너도 건강 잘 챙겨라. 오빠의 말에 청년이던 오빠 모습이 그려지고, 자동차도, 전기도, 라디오도 없던 시절, 있다면 지개와 작대기가 집을 떠받치는 기둥처럼 버티고 있던 시절, 새벽시간을 알리기는 닭

이, 한밤중임을 말하기는 달이, 종일토록 지개만 지느라 수고했으니 쉬라는 말은 별들이 하지 않았는가. 그러고 보니 예순아홉 나이인데도 세상을 많이 산 것 같다. 시골에서 봤던 기억이기는 해도….

아이가 셋이나 딸린 한참 아저씨 같은 홀아비와 결혼하겠다고 고집을 피워서, 서옥숙의 아버지, 어머니는 하는 수 없이 허락하고 말았지만, 많이도 울었다. 아버지, 어머니만큼은 아닐지 몰라도 큰오빠라고 해서 서운하지 않았겠는가. 엄청 아껴준 큰오빠인데….

전혀 엉뚱한
얘기일까

지금은 그렇지 않지만, 여름밤이면 모기들의 세상과 별들의 세상이 어울리지 않았던가. 모기와 별은 그 무엇으로도 어울림의 해석이 안 되겠지만, 그것을 나이 칠십대 이상인 세대들은 조상으로부터 이어져온 가난이라는 멍석을 마당에 깔아놓고 별들을 세어보며 살던 배부른 기억이 있다. 오랜 기억은 그만큼 노인이 되었다는 의미이기도 해서, 추억이라고 말하기는 아무래도 아닌 것 같아 기억이라고 말한다. 그런 기억은 이만큼에서 멈추겠지만, 한길에는 멋진 현대 차들이 꼬리를 물고 쉴새없이 내달린다. 무슨 일로 어디를 바쁘게들 달리는 걸까?

별자리는 물리학자들이 그동안 공부한 분야로서, 먹지 않으면 안 되는 맛있는 반찬 거리일 것이다. 그런 별자리를 미국과 소련이라는 양대 세력은 어느 국가가 먼저 별을 따오는가를 놓고 어마어마한 국가 재정을 쏟아 부으며 서로 한동안 치열한 경쟁을 벌였다. 그러더니 이제는 돈 전쟁 시대로, 돈 전쟁과는 상관없는 우주 개발은 자존심뿐이라는 생각인지, 어느 쪽이 먼저 내려놓자 소리 없이 슬그머니 그만두었는지는 몰라도, 우주 개발 얘기는 쑤욱 들어가 버렸는가 싶다.

우주 공간 별들 중 멀다고 하는 어떤 별자리까지의 거리는 멀고도 멀어, 지금의 항공기로도 수억 년이 걸린다고 한다. 그런데 이런 우주 공간에 있는 수많은 별들을 물리학으로도 숫자를 말할 수는 도저히 없겠지만, 지구에 널려 있는 모래알보다 더 많을 수도 있다는 말도 듣는다. 물리학 전공과는 상관없이 살아가는 처지라 아무 가치도 없을 뿐더러 애매한 그런 말을….

그렇지만 확실히 말할 수 있는 것은, 우리는 그런 공간에서 살아가고 있고, 나라는 존재도 그 공간에서 한 인간으로 살아가고 있다는 것이다. 그런 어려운 문제가 아니라도, 인생 후반 나이에 이르렀다면 나라는 존재는 언제 사라질지 모르지 않는가.

오늘 날의 인간 수명은 길어질 대로 길어져 백세 시대라고 해도, 질병으로 80세 정도에서 떠난다면 수명이 다한 만수로 봐야 하지 않을까? 칠십대에 이른 나이 먹은 입장들이라면 말이다.

그렇지만 세상에 태어난 이상 주검이란 없으면 좋으련만, 저 태양은 그런 복잡하고 무거운 생각을 할 거면 다음 세계에서나 해보라는 건지, 오늘을 말하는 저 태양은 노승 산마루에 멈추는가 싶더니 그냥 넘어가고 있지 않은가.

아무튼 기쁨과 슬픔, 이런 엇갈린 단어는 주어진 지금의 세계에서만 있게 될 것이다. 그런 이유 때문은 아니겠지만, 어느 산부인과에서는 이 시간에 그리도 기다리던 새 생명이 태어났다고 기쁨이 넘칠 것이고. 어느 장례식장은 그동안 사랑하던 가족이 떠나 슬픔이 클지도 모르겠다.

기쁨과 슬픔은 인간사에서 없을 수 없는 문제로, 그래도 삶이라는 틀 안에서 지지고 볶고, 뺏고 빼앗기고…, 우리는 너나없이 그렇게 살아간다. 하지만 이것은 개인 문제고, 정부에서는 국가적으로 저출산을 큰 문제로 보고, 가임 여성들에게 아이를 많이 낳으라고 얄팍한 인센티브까지 주며 독려하는 양상이다. 지금처럼 아이를 낳지 않으면 가정적으로는 노인부양 문제가 심각해지고 국가적으로는 경제가 무너질 거라는 경제학자들의 주장, 인구가 너무 많아서 인구팽창 문제로 지구가 몸살을 앓을 수도 있다는 인구학자들의 주장이 팽팽히 맞서는 것은 아닐까. 물론 대립까지는 아니겠지만….

우리나라로서는 얼마 전까지도 산아억제 정책을 세우지 않았던가. 이런 문제에 대해 생각해볼 때, 젊은 층이 줄면 산업 생산성이 떨어져 국가 경제가 무너질지 모른다는 논리는 어딘가 어색하지 않은가. 해마다 쏟아져 나오는 청년들에게 일자리를 주지도 못하면서, 아이를 많이 낳으라는 정부 정책은 아무래도 모순인 것 같다. 정부 정책에 따라 아이를 낳고 안 낳고, 그런 바보 가임 여성은 단 한 명도 없을 거라는 그런 생각도 든다.

산업생산 능력에 있어서도 그렇다. 손동작이 날렵한 젊은이들이 더 나을 수도 있을 것이나, 기존 숙련공들은 그동안 다져온 가치 있는 일손들이 아닌가. 그런데도 근로기준법에 따라 퇴직시킬 수밖에 없다 하더라도, 60대 초반까지의 나이는 청년 그대로가 아닌가. 물론 청년 일자리를 생각하면 정년퇴직이라는 근로법을 적용해 퇴직

시키는 것은 어쩔 수 없긴 하지만, 그렇다 해도 멀쩡한 일손들을 폐기시켜버리다니⋯. 현 근로법에 따라 퇴직을 당한 입장들은 그런 생각을 하지 않을까.

오늘날 공산품들 생산은 자동을 넘어 로봇으로 생산되고 있다고 한다. 그러면 칠십대 후반 나이까지도 생산 능력자로 봐도 되지 않을까.

오늘 제1 TV 목요 강의 주제가 '백세시대'였는데, 건강상으로 보면 1950년대의 오십대와 2016년대를 살아가는 팔십대가 비슷해졌다고 한다. 그만큼 늙지 않고 젊게 살고 있다는 것이다. 그러면 지금의 65세부터 노령세대로 볼 게 아니라, 10년을 높여 75세부터 노령으로 보기를 정부 정책 입안자들에게 주문하고도 싶다. 혜택 받는 해당자들로부터 뭇매가 기다리고 있을지는 몰라도⋯.

아이들을 많이 낳으라는 것은 생산 능력자를 많이 낳으라는 말이다. 그렇지만 이렇게 주장하는 것은 따지고 보면, 멀쩡한 일손들을 부양받아야 할 노인으로 만들고 있는 것이다.

다시 말하지만 어떤 정책이든 이율배반이 아닌 정책이 있겠는가마는, 정부 정책 입안자들은 가능하지도 않은 허튼소리는 그만했으면 해서다. 우리나라가 경제적으로, 도덕적으로 아직도 선진국에 올라서지 못하고 있는 것은 미안하지만 서울대생들 때문이라고 감히 말한다. 서울대생들은 최고라는 우월주의적인 머리만 있어 보여서다.

아무튼 아이를 많이 낳으라는 정책에 있어서는 이웃나라 중국도 현재로서는 우리나라와 같은 입장인 것 같다. 그래도 고민해야 할지도 모르는 인구팽창을 반박이라도 하듯 세계 인구는 계속 늘어나고 있어서, 인구학자들은 바람직하지 않다고 주장하는 것 같다.

세계 인구가 지금의 추세로 늘어나면 2050년경에는 90억 명이나 될 거라고 한다. 그렇지만 오늘날은 장수 시대로, 오래 사는 것도 인구팽창의 요인이 아니겠는가. 예전 인구조사를 그대로 믿기는 어렵겠지만, 4백 년 전만 해도 세계 인구가 4억여 명이었다는데, 2천 년 전 세계 인구는?

세계 인구가 지금 74억 명이나 된다면 많은 건가? 아니면 지구 넓이로 봐서 그 정도가 적정 인구인가? 우리나라 인구도 5천만 명이라고 하는데 많은 건가, 적정 인구인가…? 우리 한반도는 백여 년 전만 해도, 인구가 3천만 명도 안 되었던 것 같은데 말이다. 3.1절 노래 가사가 3천만이라고 했음을 보면.

국력과 관련해 오늘날은 전날과는 사뭇 달라졌다고 볼 수 있지만, 우리나라도 1억 명의 인구는 돼야 세계 열강들로부터 무시당하지 않는다고 가나안 농군학교 설립자는 말했다.

한반도 국토 면적으로 봐서 그 정도의 인구수는 되어야 힘을 쓸 수 있다는 의미로 한 말일 것이지만, 인구학자들은 세계 제1차 대전에서 사라진 인구도, 2차 대전에서 사라진 인구도, 히틀러가 처형한 6백만여 명의 유태인도, 우리 민족의 비극인 6.25 전쟁에서 4백만 명(다른 나라 사람도 포함) 가까이 죽어간 인명 피해도, 유행성 전염병으로 사라진 인구도(1940년대까지도 네다섯 살이 되어야 살 거라는 믿음이 섰다지 않은가) 인구 조절로 보는 걸까.

이런 문제에 있어 비교가 될지 모르겠지만, 적정 개체 수 초식동물이 초원에서 평화롭게 풀을 뜯고 있으면 보기에 좋지만, 더 이상의 개체 수가 늘어나면 어떤 생명체도 살 수 없는 사막으로 바뀐다. 그것을 우려해 초식동물 개체 수 조절 목적으로 맹수들이 있는 것은 아닐까.

전부터 듣자 하니 세계 제3차 대전 얘기가 그치지 않는다. 절대로 일어나서는 안 될 세계 제3차 대전, 제3차 대전이 발발할 경우 그것은 불의 전쟁으로서 핵을 의미하지 않는가. 상상하기도 싫은 무서운 핵무기지만, 세계적으로 공식화된 핵탄두 보유국, 러시아 33,300개, 미국 23,750개, 중국 1,200개(2011년도), 핵보유 의심 국가, 핵보유 추진 국가(20여 개국)도 있다는데, 어디 그것뿐인가.

원자력발전소도 핵으로 봐야 할 것이 아닌가. 괜한 걱정이지만 현재 보유 중인 핵이 폭발할 경우, 지구에 존재하는 생명체들은 어떤 것도 남지 않을 거라는 섬뜩한 논리로 보인다. 이것을 두고 어떤 종교인들은 지구 종말을 말하는지도 모르겠다. 그래서 너나없이 평화가 제일로, 기독교에서는 사랑, 불교에서는 자비, 유교에서는 인의예지, 군자는 인륜을 말하는 게 아닐까. 이런 언어들은 인간사회에서 항상 지켜져야 할 높은 가치로서, 어마어마한 지진에도 전혀 흔들림이 없어야 할 것이다.

하지만 보도 내용대로 그 많은 핵탄두가 한꺼번에 폭발한다면(싸우다 보면 그럴 가능성은 없지도 않다), 그런 핵폭발 앞에서 멀쩡하겠는가. 역사조차 흔적도 없이 사라지겠지. 이것을 지각변동이라고 본다면, 지구상에 지각변동이 일어나지 않는 곳도 있겠는가. 지질학자가 아니라도 이웃 아저씨 말을 들으면, 자기 고향에는 조개껍질로 된 절벽이 있어서 몇 십만 년인지 몇 백만 년인지는 몰라도, 어느 땐가 지구의 지각변동이 있었기에 저러지 않을까 궁금해지기도 한단다.

지구 지각변동을 의심할 필요까지는 없겠지만, 지구 지각변동은 인구조절로 봐야 하지 않을까. 그렇지만 창조주는 창조의 의미를 살려 인구를 다 완전히 멸하지는 않고, 4백 년 전처럼 4억여 명만은 둔다 해도 70억 명은 사라질 수밖에 없는데, 그 많은 지금의 핵탄두는 인구조절 준비용 핵탄두가 아닐까. 그럴 리가 없는 괜한 상상이지만, 질병으로든 죽어가는 것을 막으려는 의학 발전은 인구조절이라는 자연을 거스르는 죄악이 아닐까? 말도 안 될 것 같은 상상을 서옥숙은 다 하고 있다.

착각은
자유라지만

오늘도 여느때처럼 거리에는 발걸음들이 바쁘다. 그래, 세상사 다 늙어 떠날 처지에 놓인 노인들 말고는, 누구든 바빠야 할 것이다. 바쁘지 않은 삶을 살아서는 서울역에서 신문지 깔고 노숙하는 노숙자들처럼 될지도 모를 테니….

꼭 그래서만은 아니겠으나 아스팔트길 자동차들은 늘 바쁘다. 그렇게 바쁠지라도 사고를 내서는 곤란하니, 잠시 멈추라는 신호등이 곳곳에 지킴이로 세워져 있지 않은가. 사고 방지용 신호등이 없다면 자동차들은 얼마든지 달릴 수 있도록 튼튼하게, 멋지게 잘도 만들어졌지만 말이다(아프리카를 여행해본 사람 얘기로는 생산 나이가 40여 년이나 지난 우리나라 포니가 굴러간단다). 속도제한만 법정대로 잘 지키면 되는 고속도로도 있어서, 거기서의 운전이 신나지 않는 운전자도 있을까. 이런 현대사회에서 나라는 존재가 살아가고 있다.

운전 길에는 항상 걸리적거리는 것이 아무것도 없으면 싶지만, 꼭 그렇지만은 않다. 리어카에 실린 파지가 서옥숙 권사 자동차 앞에

서 우르르 쏟아진다. 옆으로 피하긴 했지만, 얼마나 위험했는가. 무
단횡단은 얼마나 위험한지…. 잘 좀 묶기라도 하시지, 쏟아지지 않
게….

운전하는 입장에서야 그런 말도 하고 싶지만, 파지를 쏟은 할아
버지는 운전자들에게 얼마나 미안하실까? 그려, 그런 생각만으로는
아무 도움이 안 될 테니, 바로 눈앞에서 벌어진 일이라 내려서 도와
드리고 싶다. 하지만 그러기에는 운전 중이고, 꼬리를 물고 따라오
는 차들 때문에 그냥 가버린다.

그러면서도 맘만은 찜찜하다. 핑계일 수도 있지만, 만약 남자 운전
자였다면 차를 한쪽에 잠시 세워놓고 쏟아진 파지를 주워 리어카에
올려주면서, "할아버지, 파지를 이렇게 주우시면 하루에 얼마를 버
세요? 자식들은 있으신가요?" 물었을지도 모르겠다. 할아버지의 자
존심을 건드리는 결례만 아니라면…. 세상사 가진 자나 못 가진 자
나 현실을 인정하고 삶을 살아갔으면 싶지만, 그것은 가진 자의 생
각일 뿐, 힘들게 살아가는 처지의 사람들에게는 힘든 삶이 해소될
때까지 자존심이 얼마나 강한가. 때문에 사실을 물으면 파지를 쏟
은 할아버지의 자존심을 건드리는 일이 될 수도 있어, 생각조차 말
자 하고 자동차 운전대에게 말하고 만다. 자동차 운전대야 운전자의
의도대로만 움직이면 될 일이니까….

그제 전화를 받았는데 오늘은 큰아들 맏손주 전문호가 올 거란
다. 이 나이에 수필집이라도 한번 내볼까 해서 써놓은 원고를 출판
사로 전송하려는데, 이메일 프로그램에 문제가 발생한 것 같아 사

정을 말했더니 봐주겠단다. 수필집을 내볼까 해서 글을 쓰는 중이라고 말했더니 막내아들이 바로 다음날 컴퓨터를 사주었다. 본체가 따로 없는 컴퓨터라 여간 좋지 않다. 신개념의 컴퓨터다. 엄청 비쌀 것 같아 얼마짜리냐고 묻고 싶었으나 그만두었다. 큰아들 맏손주 전문호도 논문을 컴퓨터로 쓸 텐데, 이런 신개념 컴퓨터는 아니지 않을까?

아무튼 그동안 써놓은 수필집 원고를 출판사에 이메일로 전송하려고 PC를 클릭하면 초기로 돌아가라고 한다. 컴퓨터는 가정마다 있을 테고 청년들마다 컴퓨터를 수시로 접할 것이기에 잘 알리라 믿고, 이웃 청년에게 한번 봐달라고 했다. 그랬더니 잘 모르겠단다. 그래서 큰아들 맏손주에게 얘기했더니, 오늘은 시간이 되니 와서 봐주겠단다.

5개월 전에 제대한 M대학 복학생인 손주 녀석은 할머니한테 여간 잘하지 않는다. 오늘 오겠다는 손주 녀석 전문호. 이름은 할아버지가 지어주었다. 그 이름의 의미가 뭐냐고 할아버지에게 물었더니, 할아버지는 문학인이 되길 바라는 마음에서 그렇게 지었다고 대답했다. 하지만 이름과는 달리 문학이 아닌 생물학을 전공한다. 그런 손주 녀석이 여자친구도 사귀는 중인 것 같다. 카톡으로 사진을 보내왔다. 사진으로만 봐서는 여간 좋게 보이지 않지만, 어떤 여자친구인지가 너무 궁금하다. 손주 며느리가 될 여자친구인데 어찌 궁금하지 않겠는가. 언제부터 사귀었으며 얼마나 진하게 사귀는지는 몰라도, 결혼까지 생각하고 사귄다면 결혼도 곧 해야 할 텐데…

그도 그렇지만, 얼마 전까지만 해도 신랑들은 연하 신부를 맞았는데, 요즘은 그렇지 않다지 않은가. 그래서 큰아들 맏손주 색싯감도 연상녀인지 모르겠다. 그래, 연하든 연상이든 일회용 공산품처럼 한 번 만나보고 그만일 그런 여자친구는 아닐 것으로 믿어진다. 하지만 큰아들 맏손주는 할아버지처럼 훤칠한 키에 얼마나 잘생겼는가. 그래서 아무 아가씨나 사귀어서는 안 된다고 언젠가 말하자, 큰아들 맏손주는 "할머니가 저를 그렇게 봐주셔서 감사합니다."라고만 했다. 그런 할머니에게 손주는 카톡으로 사진을 보낼 때 그냥 보내지 않았을 것이다. '할머니, 할머니 손주 색싯감 궁금하시지요? 오늘 데리고 가서 보여드릴게요.' 그런 예고가 아니었을까?

카톡을 받자마자 '이 녀석아! 네 색싯감 그렇게 카톡으로 사진만 보여줄 게 아니라, 실제 얼굴도 보여주어야지!' 한마디 미리 해둘 걸 그랬나?

손주가 오늘 오겠다고 한다. 제 색싯감도 데리고 올지는 모르겠지만, 왠지 그럴 것 같은 기분이다. 간밤에 꿈을 꾸었는데 그런 예감이 드는 꿈을 꾸었다. '우리 손주 같은 손주 있으면 한 번 데리고 와보라고 해!'라고 말하고 싶을 만큼 좋은 장점으로만 뭉쳐진 손주. 그런 손주이기에 제멋대로 살겠다는 색싯감을 사귀지 않을 것이라 믿는다. 하지만 모르겠다.

두 며느리들은 자신들이 알아서 사귀었고, 그렇게 해서 결혼들을 시켰다. 하지만 막내아들에게만은 스스로 찾아준 며느리다. 그래서 다른 며느리들보다 정감이 더 간다고나 할까?

그렇지만 그만큼 신경도 쓰이는 것을 어쩔 수 없다. 막내며느리는 똑똑하면서도 제 남편에게는 천상 아내요, 아이들에게는 하나도 나무랄 데 없는 엄마다. 그래, 큰아들 맏손주 전문호가 점심때쯤에 올 거라는데, 맛있는 것 뭘 해주면 될까 모르겠다. 기대하는 대로 제 색싯감을 데리고 오면 안아줄 것이다. 조금은 부족해 보여도….

어른들이 안아준다는 것은 '너는 내 손주며느리로 알겠다'는 확신을 심어주는 것이다. 여기서 예비 장인이라면 사윗감을, 예비 시어머니라면 며느릿감을 끌어안아주라고 말하고 싶다. 그러면 자신도 모르게 심장이 연결되어, 혹 이혼 생각을 했다가도 연결된 심장 때문에 아니라고 할지도 모르지 않겠는가.

아이들을 키우는 데도 그렇다. 서로 얼굴을 마주본다는 의미로 앞으로 안는가보다. 시대에 맞지 않을지 몰라도, 등에 업어 키워라. 따뜻한 정은 등으로부터니…. 이것은 심리학을 연구하는 학자들의 연구에서 나온 얘기가 아니다. 삶에서 터득한 지혜다.

그동안 보고 싶었던 대학생인 손주가 오겠다니 서옥숙은 벌써부터 행복에 젖는다. 서옥숙은 손주들을 보고 싶어도 멀리 떨어져 살기에 쉽게 볼 수가 없다. 맏아들 손주들, 둘째아들 손주들, 셋째아들 손주들…! 나이가 더해지면서 이 녀석들을 보는 것이 지금으로서는 위안이 되는 걸 어쩌랴. 손주들과 할머니, 할머니와 손주들. 이런 귀한 관계를 떼어놓고 삶을 말할 수는 없다. 비록 살붙이 손주들이 아니기는 해도, 부르고 싶으면 언제든지 맘 편하게 부를 수 있는 그런 손주들….

점심때쯤 오겠다는 손주야, 어서 와라. 이 할미 너를 기다리고 있으니…. 할머니 서옥숙은 손주가 컴퓨터 문제로 올 것이라는 생각에 눈물이 다 나오려고 하는가 보다. 오겠다는 시간은 한참 남았는데도, 괜히 주방을 왔다 갔다 한다. 오늘의 자식들이여! 지금 무슨 말을 하고 있는지 알겠지…?

그러기를 바라지는 않았어도 한길을 다니는 사람들의 차림새들마다 밝다. 물론 봄이라서 그렇긴 하겠지만, 이런 날 자기 나름의 색깔로 살지 않은 사람도 있을까. 누구의 간섭도 없이 스스로 밥숟가락질할 수 있는 성인이라면 말이다. 그렇지만 인생에서 삶이란 무엇일까? 세상을 살아감에 있어 인생 철학자가 아니고는 인생 철학 문제까지 생각하며 살아갈 수는 없을 것이다. 하지만 오늘날의 젊은이들은 엄청들 바쁘게 살아간다. 그래서 생겨난 말이 정보화 시대라는 건지는 몰라도, 소비자로 살아가는 처지들 말고는 단 몇 시간의 여유도 없이들 살아가지 않나 싶다. 이렇게들 바쁜 삶이다 보니 빠른 것이 필요해지고, 그래서 고속열차까지 만들어진 것일 게다. 우리나라 국민소득이 3만 달러 문턱까지 오를 만큼 부강해졌는데, 그렇게 되기까지 힘쓴 주역들은 오늘도 바쁘게만 움직이는 기업인들과 애써 일하는 근로자들일 것이다. 6.25전쟁에 참전했던 외국 노병들이 대한민국 발전상을 보고 너무도 놀라워하더라는 말도 듣는 오늘날이다.

누구에게도 있어서는 안 될 슬픈 일이지만, 홀아비가 되어버린 전기선 선생님. 도저히 이길 수 없는 병이라는 이유로 올망졸망한 세 아이만 두고 홀쩍 떠나버린 전기선 선생님의 아내, 그도 고등학교 교사로 그동안 맛나게 살았지만, 아무 대책도 없이 세 아이만 남겨놓고 홀연히 떠나버렸다. 그래서 서옥숙은 막막한 현실에 놓인 전기선 선생님의 가정을 위해 자신을 과감하게 던졌다. 물론 무너진 가정을 세워주기 위해 순교 정신으로 다가가지는 않았다 해도….

지금의 서옥숙은 과거가 생각나곤 하는가. 어딘지 모르게 그늘져 보인다. 보기에 따라서는 아직도 고운 모습이라서, 얼핏 봐서는 평상시와 별반 다르지 않게 보이지만….

그동안은 유치원과 학원을 경영했기에 외로움 따위란 내 사전에 없다며 당당했다고나 할까. 그렇게 알고 살아왔으나 지금은 그렇지 않은 서옥숙. 장장 30년이 넘도록 경영해온 유치원과 학원을 작은며느리에게 물려주었다고 할까, 아니면 2선으로 물러났다고 할까. 그러긴 했지만, 일을 내려놓고 보니 이제는 누구도 반갑지 않을 칠순을 한 해 앞두고 있다.

서옥숙은 고향친구 아들 결혼식에 참석하기 위해 미용실에 갔다. 벽에 걸린 시계를 보니 평소 때보다는 좀 이른 오전 9시 10분. 미용사도 미용실 문을 방금 열었을까. 걸레질 중이다.

"권사님, 다른 때보다는 일찍 오셨는데 차 아직 안 드셨지요? 차 드릴까요?"

"그래, 좋지…."

미용실 운영자로서 머리손질하러 온 손님들에게 상술적인 말이라도 깍듯하게 한다. 손님에게 깍듯이 말하는 것은 지극히 당연한 일이겠지만, 수년간 단골인 데다 막내딸 같기도 하고 조카 같기도 한 미용사의 곱디고운 말씨.

"녹차도 있고 커피도 있는데, 무슨 차로 드릴까요?"

오늘날에는 어느 가정에든 있는, 흔하다면 흔한 일회용 커피 말고 좀 고급스런 믹스 커피를 마시고 왔기에

"그런 차 말고 다른 차도 있을까?"

라고 묻는다.

"율무차도 있고, 대추차도 있고, 생강차도 있는데, 생강차 드릴까요?"

"그래, 생강차가 좋겠다."

반말 같지만, 몇 년 전부터 단골이기도 해서 서로 편하게 하자는 생각으로 이렇게 말한다. 미용사는 TV도 켠다. 어제 채널 그대로인지 종편 TV다. TV에서는 시간 편성에 따른 프로그램이겠지만, 종편에 출연한 패널들은 가진 지식을 다 쏟아놓는다. 우리나라로서는 민간인 신분이 국정을 농단한 것은 초유의 사건이다. 그것도 최순실이라는 여자가….

아무튼 국정농단을 한 최순실과 박근혜 대통령 얘기만 한다. 물론 TV 프로그램 주제가 그렇겠지만, 박근혜 대통령은 대통령직을 지금 당장 그만두라는 거센 촛불에 내몰려 맘고생이 이만저만이 아닐 것 같다.

"내가 이러려고 대통령을 했나 싶어 자괴감이 다 듭니다."

박근혜 대통령은 대국민사과문에서 그랬다. 박근혜 대통령 최측근일 수도 있는 전 새누리당 당대표 이정현 의원은 박근혜 대통령 대국민사과문을 들으면서 눈물을 내보이는가 하면 입도 삐쭉거리기도 했다. 그걸 보며 "남자가 그게 뭐야?" 했다.

박근혜 대통령이 대한민국 대통령으로서 국정을 잘 이끌지 못해 미안하다는 의미의 대국민사과를 했다면, 행동도 그렇게 하는 것이 맞을 것이다. 그런데 어찌된 셈인지, 그러기는커녕 대국민사과문도 없었던 걸로 하겠다는 지금의 모양새라, 같은 여성으로서 많이 안타깝다.

　박근혜 대통령은 인터넷방송 인터뷰에서 자신과 관련된 허황된 얘기가 진실이 아니라면서, 아닌 것이 산더미같이 쌓여 있다고 말했다. 그렇다. 박근혜 대통령 입장에서야 그렇게 말할 수도 있을지 모른다. 그것을 인정하자. 그러면 대국민사과는 왜 했느냐는 것이다. 그것도 한 차례도 아니고 세 차례나…. 바보가 아니고서는 뒤집는 말을 못 할 것 같은데…. 박근혜 대통령 말대로 사실이 아닐지라도, 국민 지지도를 보면 대통령으로서의 회복은 불가능하다. 그런 결론을 국민들은 이미 내려버린 것이다. 헌법재판 결과와는 상관없이….

　대한민국이 이 지경까지 이르게 한 것을 두고, 나라를 걱정하는 국민들은 박근혜 대통령이 좌파 세력이 맘 놓고 춤출 수 있도록 광화문 광장에 양탄자까지 넉넉하게 깔아놓았다고 한다. 또 박근혜 대통령을 지지하는 쪽에서는, 대통령을 끌어내리려고 어마어마한 거짓말을 만들어내고 있다고 한다. 박근혜 대통령은 탄핵의 근거가 얼마나 취약한가, 억지 세력들이 사실인 것처럼 만들어 올가미를 씌우려 한다고 생각한다면, 미안하지만 초등학교도 나오지 못한 어리바리 생각을 지니고 있다는 말을 들어도 무리는 아닐 듯하다. 그래서 박근혜 대통령은 당장 하야하라는 거센 촛불들에게 그만 멈추라고 말할 자신이 없다, 현재로서는….

　이렇게까지 촛불을 드는 이유는, 세월호 안에 갇혀 있는 학생들을 구해낼 수 없을까 하고 온 국민들이 맘 조이며 지켜보고 있을 때, 박근혜 대통령이 배 안에 갇혀 있는 학생들을 어떻게 해서든 구해내야만 한다고 한마디 지시만 했어도 다 살 수도 있었을 것이라는 안타까움과 분노 때문이다. 아까운 목숨들….

촛불들은 피기도 전인 귀한 목숨들을 수장시킨 거나 다름없다고, 너무도 억울하다고 외치지 않는가. 그랬는데도 박근혜 대통령은 아직까지도 말 못 하는 7시간 동안 무얼 하고 있었다는 말인가. 머리 손질? 미용 목적의 태반주사? 건강 차원의 헬스? 그것도 아니면, 조심스럽지만 어느 야당 의원 말대로 블랙 우주인과 연애를…?

박근혜 대통령은 별세계 사람이 아닐진대, 그런 물음에 답변 대신 대통령으로서 내가 무얼 잘못했는지 법정투쟁까지 하고 있다. 그런 모양새는 국민의 한 사람으로서 솔직히 많이도 역겹다. 사실을 말하기 힘들지라도, 세월호 참사 7시간을 감출 필요 없이 말해버리면 될 것 아닌가. 그런데도 지금까지도 뭉개고 있으니, 국민들은 얼마나 답답한가.

그래, 법정투쟁에서 이긴다 하자. 이겨서 얻을 것이 있다면 무엇이겠는가. 대다수 국민들은 나쁜 대통령으로 이미 사형선고를 내려버린 거나 다름없는데 말이다. 그렇게 보면 아무리 좋게 생각해도, 박근혜 대통령은 엉터리 생각만 하고 있는 것이다.

생각할수록 아쉽지만, 카톡으로 세월호 내실 장면을 부모들에게 보여주며 "아빠, 나는 어떻게 해!" 애절하게 말했다면, 부모들은 "그렇게만 있지 말고 갑판으로 빨리 나오라."고는 왜 못 했을까? 부모들은 맘이 너무도 졸여 거기까지 생각이 떠오르지 못했으리라는 생각도 들기는 한다. 하지만 세월호 참사 생각만 하면, 박근혜 대통령이 너무도 밉다.

세월호가 침몰하고 있을 시간에 저녁식사를 다 드셨는지, 그릇이 깨끗이 비워져 나왔다는 당시 주방 조리사의 증언은 피해 가족이 아니라도 가슴이 미어지게 한다. 현실적으로 어림도 없는 일이지만 박근혜 대통령을 대면해서 말할 수 있는 기회가 주어진다면, 늦긴 했지만 이제라도 국민들 앞에 석고대죄하라고 말하고 싶다. 그러지 않고 버틴다면 퇴임 후 얼굴을 들고 다닐 수 없을 테니….

나이는 먹었으나 살아 있는 목숨 죽을 때까지 365일 방에만 갇혀 살 수는 없지 않은가. 무슨 일로든 밖에 나올 수밖에 없다면, 박근혜 대통령을 향한 손가락질마다 순할 수 있겠는가. 거기다 가족이라는 살붙이도 친구도 없다면, 박근혜 대통령은 인간적으로는 이미 죽은 목숨이나 다름없다. 일국의 대통령까지 역임했다는 자부심은 몰라도….

가족이란 그만큼 중요하다는 것이 절실하게 느껴지는 서옥숙. 서옥숙은 오후 1시에 있을 친구 아들 결혼식에 참석하기 위해 머리 손질을 하러 미용실에 일찍 오기는 했지만, 국정농단을 일으킨 최순실과 박근혜 대통령 얘기가 TV에서 흘러나와 안타까움에 젖는다. 머리 손질이 거의 다되어 갈 즈음에 머리 손질하러 미용실에 오신 동네분이 인사를 한다.

"권사님, 안녕하세요."

"예, 안녕하세요. 어서 오세요."

"권사님은 일찍 오셨네요. 결혼식장에라도 가실 건가 봐요."

"아 예, 결혼식장에 가려고 좀 일찍 왔네요."

"결혼식을 치르는 신랑신부가 누구인지는 몰라도, 오늘은 비도 그치고 날씨가 참 좋네요."

어디서든 서로 만나면 필요한 말만 하겠는가. 상대에게 결례가 되지 않는 말이 아니면 불필요한 말도 하게 되는 게지. 그렇다. 도시민들의 주거 형태는 대부분 아파트로서 엘리베이터를 이용하게 되는데, '서로 인사합시다'라고 써 붙여 있는 것을 본다. 인사말은 처지에 따라, 장소에 따라 달리할 수도 있겠지만, 전철 안에서는 목례로만 했으면 좋겠다는 생각도 들었다. 나이 많은 여성들은 장소 구분이 잘 안 되는 건지 시끄럽다는 생각도 드는데, 그런 생각은 혼자만의 것일까?

서옥숙은 남의 자식이지만 잘 키워야 한다는 생각으로 일부러 자식을 두지 않았다. 그랬지만 자식이 없는 처지라 결혼식을 치른다는 말은 살붙이가 없는 서옥숙에게는 반갑지만은 않다. 서옥숙보다 7년이나 아래인, 고등학생 손자까지 본 표성순 엄마도, 부천 상동역에서 핸드폰 가게를 한다는 윤상철 엄마도 차례로 들어온다. 이 두 사람은 한 동네라서 늘 보게 되는지라, 교회는 안 나가지만 서 권사님이라고 불러주기도 하는 다정한 사람들이다.

그렇지 않은 날이 별반 없긴 하지만, 오늘도 유리창 너머로 손주 손 붙들고 슈퍼에 가면서 좋아라 하는 할아버지가 보인다. 외손주일까, 아니면 친손주일까? 다가가 묻기 전엔 알 수 없어도, 나이 먹어서의 삶은 저런 것일 텐데….

어디 그런 모습들뿐인가. 전동 휠체어를 타고 가는, 칠십이 다되어 보이는 대충 차림의 아저씨, 유모차를 지팡이삼아 어디를 가는지 표정만은 어둡지 않은 할머니, 오토바이를 몰고 가면서 헬멧을 쓰기는 했으나 머리에다 살짝 올려놓고만 내달리는 20대로 보이는 청년, 오토바이 헬멧을 머리에 살짝 올려놓은 것을 보면 가까운 곳에 가느라 그렇겠지만, 사고는 멀고 가깝고가 없어 안전을 생각해서 제대로 쓰고 가야 할 텐데…. 안 넘어진다는 보장이 그 어디에도 없지 않은가. 괜한 걱정이지만, 혹 넘어지기라도 하면 오토바이 헬멧을 쓰지 않은 거나 다름없지 않은가.

오토바이 사고는 머리를 다치는 경우가 대부분이라고 한다. 머리는 얼마나 중요한가. 보도에 의하면, 오토바이 사고가 해마다 늘어나 2015년에는 경기도에서만 일어난 2,351건 일어났다고 한다. 그 중 40%가 20대라고 하지 않는가.

여러 형태로 살아가는 미용실 창밖의 풍경들, 금년에는 대통령을 뽑는 해이니 대한민국을 잘 통치할 감인지 눈여겨봐두라는 것은 아니겠지만, TV로 보이는 인물들마다 누구의 아버지며 누구의 남편인지, 맘 같아서는 대통령으로 모두 다 뽑아줄 수 없을까. 그런 생각도 하게 된다. 박근혜 대통령도 대통령으로서 잘 통치하려다 결과적으로는 대한민국을 우습게 만들어버린 꼴이 되었다. 박근혜 대통령은 취임사에서 향후 5년의 국정 운영에 관한 3가지 핵심 키워드를 언급했다.

첫 번째 키워드는 '경제 부흥'이다.

경제 민주화를 전제로 한 창조경제, 과학기술, 대·중소기업 상생 그리고 새 정부의 핵심 부서인 미래창조과학부를 언급하며 경제 부흥을 강조했다. 특히 이날 취임사에서 '창조경제'가 8번, '경제 민주화'가 2번 등장해 눈길을 끌었다.

두 번째 키워드는 '국민 행복'이다.

박근혜 대통령은 노후안정, 기초생활 보장, 자녀양육 등의 복지 분야, 개인의 능력계발 지원, 학벌 위주에서 능력 위주 사회로의 변화 등 교육 분야, 안전한 사회구현 등, 여러 분야에 대한 방향 제시를 통해 국민 행복이란 주제를 언급했다.

세 번째 키워드는 '문화 융성'이다.

박근혜 대통령은 정신문화 고양과 문화가 있는 삶의 영위, 문화격차 해소 등을 언급하며, 문화로 더 행복한 나라를 만들겠다고 했다.

이 세 가지 키워드 외에도 북한에 대해 강경한 입장을 보여줬다.

'국민 생명과 대한민국 안전을 위협하는 그 어떤 행위도 인정하지 않을 것'이며, 북 핵실험은 민족 생존과 미래에 대한 도전이라고 못 박으면서도, 확실한 억지력의 바탕 위에 신뢰를 위해 노력할 것이며, 행복한 통일 시대의 기반을 만들 것이라고 했다.

앞으로 북한이 평화와 공동 발전의 길로 나오길 바라며, 한반도 신뢰 프로세스가 진전되길 바란다며, 새 정부의 대북정책 의지를 표명했다. 또한 아시아 평화협력을 위해 주변국과 협력할 것임을 언급했다.

이날 '제2의 한강의 기적'이란 단어가 반복되어 눈길을 끌기도 했다. 가장 듣기 좋은 발언은 비정상을 정상화로 만들겠는 선언이었다. 그것은 그를 지지했던 국민들에게 희망을 주기에 충분하지 않았는가. 박근혜 대통령 취임사는 가슴 벅차기도 했는데, 나만 그랬을까.

반기문 전 유엔 사무총장이 대통령 꿈을 꾸었다가 꿈을 접었는데, '있지 않은 것을 사실인 양 만들어 나쁜 사람으로 만들고 있어서'라는 이유 때문인 것 같다. 그러면 대한민국 정치사에 사실만을 가지고 평가해본 일이 있었던가. 투표로 대통령을 뽑는 지금의 제도를 볼 때, '있지도 않은 것을 사실인 양' 하는 일은 대통령 선거 제도가 바뀌지 않는 이상 영원하지 않겠는가. 그것은 인간이지만 내가 먼저 살아야 된다는 본능적인 짐승의 유전자도 포함하고 있다고 보기에 그렇다. 조심스럽지만 대통령 불출마 선언은 반기문 전 총장 개인을 위해서도, 국가를 위해서도 다행으로 생각한다.

 나이 들어서부터는 꿈이 잘 안 꾸어지다가 간밤에 꿈을 꾸게 되었다. 꿈에서 반기문 전 유엔 사무총장이 조폭들이라고 해도 될 것 같은 살기등등한 청년들로부터 죽을 만큼 두들겨맞는 게 아닌가. 그렇게 두들겨맞지만 도망칠 수도 없는 반기문 전 총장으로서는 최악의 상황, 나를 쳐다보는 그의 눈빛은 '이런 자리에서 빠져나갈 수 있도록 좀 도와줄 수 없겠소?' 하는 SOS의 눈빛이지만, 나는 근력으로 말할 수 있는 남자도 아니지 않은가. 그래요, 도와드릴 수 있다면 당신이 대통령으로 출마했을 때 투표로 도울 수는 있겠지만, 더는 어쩌지 못할 것 같아 미안해요. 그런 생각으로 두들겨맞는 반기문 전 총장에게 함부로 하는 자가 누군가 하고 가까이 다가가서 봤더니, 조금 전 농산물을 리어카에 잔뜩 싣고 온 농부가 아닌가. 농부는 다짜고짜 "야, 이 자식아! 농촌을 못 살게 만들어놓고도 뭘 잘했다고 고개를 뻣뻣이 쳐들고 나발이야 나발이! 이 엑스 같은 자식아!" 하고 육두문자를 거침없이 쏟아내면서 고래고래 소리를 질렀다. 그 농부는 박근혜 대통령의 잘못된 통치로 대한민국 민심이 양

분되다시피 했는데, 반기문 전 유엔 사무총장 이력 가지고는 통합할 수 없다는 강한 메시지가 아니었을까.

그럴지라도 대한민국 대통령이 될 맘이면 '내가 대통령이 되고 싶으니 날 모셔가주시오.'가 아니라, 모셔가는 인물이라는 것을 보여주어야 할 것이지만, 그것이 안 보였다. 유엔 사무총장이라는 이력은 어마어마해서 누구도 함부로 말해서는 안 되겠지만, 대한민국 대통령 감으로는 아니니 대통령 포기선언을 하고 노후나 아름답게 보내시라 말하고 싶었던 참에 그런 꿈을 꾼 것이다.

반기문 전 유엔 총장만이 아니라, 칠십 넘은 사람들은 제발 좀 나서지 말라는 주장이다. 새 술은 새 부대에 담으라는 성경말씀을 인용하는 것은 아니지만, 발전은 신진들이 하게 된다는 강한 믿음 때문이다. 유엔 사무총장 이력은 대단하지만 그동안의 행보로 볼 때, 박근혜 대통령까지는 아닐지 몰라도 '내가 이런 꼴을 당하려고 대통령이 되었나' 하고 후회하게 될지도 모르지 않겠는가. 그러니까 누구도 인정해주지 않는데, 혼자만 출중한 체해서는 안 된다는 것이다. 다시 말해 착각하지 말라는 것이다. 대한민국의 대통령이 되겠다고 하는 인물들에게 감히 말한다면, 잘하겠다가 아니라 밉지 않은 대통령이 되겠다고 하시라. 그런 말만이라도 해야 표를 줄 맘이니…

"나는 여러분들로부터 매일 배웠고, 여러분들이 저를 좋은 사람으로 만들어주었습니다."

오바마 미국 전 대통령 퇴임사가 생각난다. 얼마나 감동스러운 퇴임사인가. 우리 대한민국에도 오바마 대통령 같은 인물이 나왔으면 좋겠다는 생각이다. 하지만 오바마 대통령까지는 아니라도, 나쁜 대통령이 다시는 안 나왔으면 하는 바람이다. 그렇지만 그런 믿음이 가는 인물이 안 보여, 선대 잘못 봐서 그런지는 몰라도 모두가 '잘하겠다'(물론 잘못하겠다는 말을 할 수는 없겠지만)고 말할 거면, 상대를 깎아내리는 말만이라도 삼가야 할 것이다. 대통령으로 출마는 했지만 처음부터 배우길 잘 배운 것인지, 아니면 본성이 잘못된 심보들인지, 심히도 역겨운 것을 어쩌랴. 정치를 잘했다 해도 노름판 용어로 본전식일 텐데…. 괜한 생각을 서옥숙은 왜 하게 되는 걸까?

인간 심리를 연구하는 심리학자들은 알까? 자식이 없는 이 허전함을…. 이제는 어림도 없지만, 살붙이가 없다는 생각을 하면, 타임머신이 있어 그것을 타고서라도 전날의 젊음으로 되돌아가 자식을 낳아 잘 키울 수 있을 텐데…. 아이를 낳아야 할 여성으로서 가임나이라는 젊음도 끝나버렸다는 서옥숙의 후회.

"권사님은 내년이 칠순이시라면서 지금도 이렇게 고우세요."

"곱기는, 다 늙어버렸는데. 그래, 말이라도 기분은 좋네."

"아니에요, 정말이에요."

때마침 나이 칠십이 넘은 목기수 집사가 이발하러 들어오려다 말고 서옥숙 권사를 보더니 어색했는지, "아이고, 권사님이시네요. 권사님, 안녕하세요?" 하고 인사만 하고는 조금 후에 다시 오겠다고 미용실 문을 닫는다. 목기수 집사는 경기도 가평에 살다가 초등학교 교사 막내딸 아이들을 돌보기 위해 작년에 이 동네로 이사 왔다. 막내딸 아이가 둘인데, 초등학교 졸업 때까지만이라지만, 둘째 손자가 금년에 2학년이니 다시 이사 가야 할 사정이면 모를까, 그렇지 않다면 여기서 그냥 눌러 살게 될지도 모른다. 얘기를 들으면 다시 가평으로 이사를 가고 안 가고는 목 집사 사정일 테니 듣기만 했다. 그는 인사도 잘해야 한다고 가르쳤던 입장이라 그런지, 누구에게든 인사를 잘한다. 다른 사람들도 그렇겠지만, 인사가 삶에서 얼마나 중요한가.

목기수 집사도 서옥숙의 남편처럼 교직에서 퇴직했다. 중학교 교사로 퇴직했는데, 서옥숙의 남편과 나이 차이는 10년이나 나기는 해도, 교직에 몸담은 입장들이라서 그런지 정말 다정하게 지내려 한다. 그래서 서옥숙이 집으로 초대도 해서 교직 생활에서 있었던 얘기, 앞으로의 얘기 등 이런저런 얘기도 듣는다. 물론 초대 받기도 하고….

이웃은 그냥 '안녕하세요?'만으로 이웃이 아니다. 서로 오고가고 그래야 이웃인 것이다. 이웃은 삶에서 보험 같은 것일 수 있는데도 문 닫아버리면 그만인 오늘의 이웃들…. 물론 툭 터놓고 말할 수 없는 이웃이라면 부담스러울 수도 있겠지만.

"거울이 그냥 봐지는 게 아니야. 세월이 많이 갔음이 봐지는 거야."

머리손질을 하기 위해 이렇게 미용실에 오기는 했으나, 미용실 거울로 비춰진 모습을 보자 서옥숙은 과거의 기억이 되살아난다. 그려, 아무리 좋은 화장품으로도 노인을 감출 수는 없지. 물론 고급 화장품을 발라보거나 보톡스 주사를 맞아본 기억이 없기는 해도.

"오늘은 다른 때보다 일찍 오신 편인데, 어데 가실 곳이라도 있으세요?"

그렇게 묻기는 했지만 미용사가 머리손질만 9단이겠는가. 느낌으로도 9단이겠지.

"그래, 있지, 고향친구 아들 결혼식에."

"그러세요? 제 고향친구 남동생도 다다음주에 결혼식을 치를 거라고 청첩장 대신 카톡으로 소식을 보내왔어요. 그래서 가기는 가야 할 텐데, 인천에서 부산이라 너무 멀어 하루 종일 걸릴 것 같아요. 애가 아직 유치원생이라 데리고 가기도 어려울 것 같고."

"그래? 유치원생이면 혹 우리 청솔유치원생일까?"

"예, 그래요 청솔유치원에 보냈어요. 내년에 학교 들어갈."

"그러면 이름은 누굴까? 이름을 말한다 해도, 학원생들과 합하면 7백여 명이나 돼서, 누가 누군지 알기 쉽지는 않겠지만."

"머슴애인데 함기영이에요."

"귀한 아들을 머슴애라고 하면 안 돼. 다음부터는 그렇게 하지 말어. 머슴애라는 말은 남의 집에서 종처럼 사는 사람을 지칭하는 말 같아서."

"예, 권사님."

"시대적으로 종처럼 천하게 불러주어야 명이 길다고 한 건 양반들의 꼼수이기도 해서."

"권사님, 양반들은 천민이라면 나이와 상관없이 하대했다는 말도 들었는데, 그 말이 맞는가요?"

"내가 어렸을 때만 해도 양반도 아니면서 대장간 아저씨도 단골무당도 하대했어. 한참 할아버지 할머니 같은 분에게도."

"그랬으면 그때는 양반들 세상이라고 해도 되겠네요."

"거기까지는 듣기만 했지만, 고려가 이씨 조선으로 바뀌면서 스님들도 천하게 여기라고 태조 이성계가 그랬다는 것 같아. 태조 이성

계야 왕이니까 그렇게 하라고 했지만, 일반민들까지야 그랬겠는가마는…"

"스님들은 수행 목적으로 깊은 산속에만 있었을 텐데, 무슨 곡절이라도 있었겠지요?"

"그래, 고려시대에는 스님들이 정치를 간섭하다시피 했는데, 그것을 못마땅하게 여긴 태조 이성계가 취한 조치랄까, 그랬나 봐."

(고려에서 스님이 정치를 한 예는 단 한 번, 공민왕 때 신돈이라는 스님이 정치개혁을 하려고 죄수들을 짓밟고 점점 타락하기 시작, 공민왕을 사살하려다 발각되어 사형당했다.)

"그랬었군요. 학교에서는 배우지 못한 역사를 권사님으로부터 배웁니다."

"그건 그렇고, 아들을 봐도 잘 모를 것 같다. 유치원을 우리 작은 며느리에게 물려주었다고나 할까. 그만둔 지가 4년이나 지나서."

"권사님께서 그러신 줄 저도 알고 있어요. 그동안 수고 많이 하셨어요."

"수고는 무슨…; 유치원 경영 때가 얼마나 좋았는지 몰라. 나이 때문에 그만두기는 했지만, 지금도 맘은 유치원과 학원에 있어."

그래, 수고가 아니었다. 남편이 서옥숙을 위해 세워주다시피 해서, 그곳을 삶의 터전으로 삼고 나름대로 맛나게 살았던 유치원과 학원이었지 않은가. 누구도 부러워했을 것 같은…;

"우리 아들은 유치원 차에 태워 보내지 않아도 되는 가까운 아파트 단지 내 꿈 유치원을 보낼까 하다가, 옆집 딸아이가 청솔유치원 다닌다고 해서 함께 보내는 게 좋겠다 싶어 그렇게 보내고 있어요."

미용사는 서옥숙 권사 동네와 좀 떨어진 동네에 산다. 청솔유치원은 미용실에서도 가깝고 오래된 비교적 대형 유치원으로, 지역에서는 유명세도 탄 유치원이다. 그 청솔유치원을 작은며느리가 경영하게 되었는데 잘할지…?

사십여 년 가까이 운영했던 입장에서 조금은 염려도 되는가 보다. 서옥숙은 표정까지 읽을 수는 없지만….

"그래? 그러면 유치원에 보낼 녀석들은 또 있을까?"

"권사님, 또 있으면 어떻게 키워요, 이 한 녀석도 벅찬데…."

그래, 전날에야 많이 낳아도 밥만 먹여주면 스스로 크던 시대라 자식 키우는 데 오늘날처럼 걱정이 덜 됐지만, 지금은 어디 그런가. 유치원도 보내야 하고, 학원도 보내야 하고, 대학도 보내야 하니. 자식들에게 쏟아 부어야 하는 교육비 감당할 일을 생각하면, 미용사 말대로 자식 한 명도 부담일 수 있겠지. 자신은 유치원과 학원을 경영했기에 세 아이들을 교육비 걱정 없이 대학까지 보내고 장가까지 들게 할 수 있었지. 하지만 혼자 벌어서는 안 돼서 둘이 벌어야 굶지 않고 살까 말까 한다고 하소연 같은 말을 듣는 마당에, 자식 한 명도 벅차다는 미용사 말에 토를 달겠는가. 자식들 뒷바라지에다만 인생을 쏟아 부어서야 되겠는가.

"어느 날인지는 기억에 없지만, 우리 청솔학원생 엄마와 나눈 얘기가 생각나네. 그대로 말하면, 아들이 날로 커가다 보니 교육 문제에 신경이 쓰이더라는 거야. 그래서 맘먹고…."

"성춘아! 엄마가 한마디 해도 되겠니?"

"엄마 왜, 무슨 말을 하려고 그렇게 심각해?"

"에이, 그만두자."

엄마는 아들 교육비 문제도 있지만, 주변을 보면 자식들 뒷바라지 하다 늙어버린 것이 남의 일 같지 않아서, '나는 그렇게 살지 않겠다' 고 생각하고 아들이 알아들을 나이가 돼서 큰맘 먹고 제일 기분 좋을 시간을 기다렸는데, 자기가 낳은 아들임에도 말하기가 이렇게도 어렵냐. 지금도 이렇게 어려운데 장가라도 들면 말도 못 할지도 모르겠다.

"엄마! 아들한테 말하기가 그렇게까지 어려운 거야? 걱정하지 말고 하고 싶은 말이 있으면 다 해봐, 그만두지 말고."

아들이 생각하기에 엄마는 그동안 자유롭게 말하지 못한 때가 없었던 것 같은데, 오늘따라 너무 심각하다. 무슨 말을 하려는지 들어는 봐야겠지만….

"그래, 말할게. 다름이 아니라, 아버지도 엄마도 대학을 나와 이렇게 살아가고 있는데, 아빠는 아빠대로, 엄마는 엄마대로, 너는 너대로 따로따로 살고 있다는 생각이 들어서다."

"그건 사실이지만?"

엄마의 말을 듣고 보니 아들은 집 분위기가 그런 것만은 사실이라고 여긴다. 자신은 학원에서 항상 늦게 오기에 '엄마 저 이제 왔어요.' 하는 간단한 말도 없이 방으로 쑥 들어가 버리면 그만이다. 아빠는 회사일로 밤 늦게 오는 것은 다반사인 데다, 휴일조차도 함께 못 한다. 그래도 형제들이라도 있으면 괜찮을 텐데, 그마저도 없지 않은가.

"하는 일이야 서로 달라도, 느낌만큼은 따로 해서는 안 되는 것이

가정인데…"

"말하고 싶었다는 게 고작 그거야? 너무 시시하다 엄마…"

"그래 시시하다면 시시한 말이지, 무슨 중대한 말이겠니. 다른 가정들도 그런지 모르겠지만 남편, 아내, 자식이라는 관계는 절대적인 건데…"

"엄마, 시시하게 무슨 말을 하려고 그렇게 물음표까지 붙이는 거야?"

"그려, 네 말대로 시시하다만, 네가 언제 이렇게 다 커버린 건가 싶어. 귀여운 모습은 다 어디로 가버리고, 이제는 징그럽다는 생각까지 드는 거냐."

"그래 고 1이니 귀여운 시기는 지났지만, 그렇다고 해서 징그럽다는 말은 동의하기 어렵다, 엄마."

"그래, 징그럽다는 말은 내 아들이 어느새 이만큼 훌쩍 커버렸냐 하고 기분 좋아서 하는 말이지만, 부담도 되는 것이 사실이다."

"엄마가 무슨 중대 발표라도 하시려나 했네, 나는…"

말을 터놓고 보니 이제는 말하기가 그렇게 어렵지 않을 것 같아 다행이기는 하다. 그러나 아들이 지금은 대학을 준비해야 하는 바쁜 고 1이지만, 대학생이 되어야 할 목적이 취직이면 말리고 싶어서다.

"학원생들에게 대학을 꼭 가야만 하느냐고 물으면, 취직 때문이라고 대답하지 않을까 싶다."

"엄마, 왜 그렇게만 생각해요?"

"찾는 전화 때문에 얘기가 더 진전되지 못하고 말았지만, 오늘날의 가정들마다를 보는 것 같았어"

미용사는 아들 하나며 아직은 유치원생이지만, 몇 밤만 자고 나면 중학생, 고등학생이 될 거야. 나는 학원장으로서 학원생들에게 했던 말이 있는데, 말할 기회가 주어진다면 또 말할 거야. 학원생 어머니께서 하셨던 말을 참고로….

"아무튼 그래도 자식을 셋은 두어야 한다고 나는 생각해."

요즘 세대들은 논리가 아니라 단답으로 끝나야 한다는데, 말을 너무 장황하게 했나. 나이 먹으면 가르치려 해서는 대접받기가 어렵다는데 말이다.

"어른들께서야 그렇게 말씀하실지 몰라도, 오늘의 젊은이들 중에 자식을 아예 두지 않고 살겠다는 젊은이들도 있나 봐요."

"그런 생각을 말릴 수는 없겠지만, 훗날도 생각해야 될 건데…."

"그 말씀은 무슨 말씀이에요?"

"그래, 더 이상의 얘기는 다음에 해야 할 것 같네."

서옥숙은 자식 얘기가 무거운가 보다. 미용사도 서옥숙 권사가 왜인지는 몰라도 싫어하는 것 같아, 지금까지 주고받던 얘기를 거기서 멈춘다. 미용실에는 침묵이 흐른다. 잠시이기는 하지만….

미용사의 말을 이해 못 할 바는 아니지만, 대한민국을 통째로 들었다놨다한 최태민의 딸 최순실은 자기의 대리만족을 위해 세상물정도 모르는 어린 딸을 마상에 올려놓고, 엉덩이에 진물이 다 날 정도로 심하게 다그쳤다고 한다. 그 바람에 올바른 생각을 못 갖고 젊음을 제멋대로 휘두른 것이 미혼모가 되고 말았다지 않은가. 물론 보도를 통해서만 들은 얘기지만, 나이 먹은 입장이라서 그런지 씁쓸하다.

그래, 씁쓸하기는 하다만, 최순실 딸 정유라는 자식을 두었다는 것이다. 정유라는 지금이야 미혼모이지만, 앞으로 두고 봐라. 자식을 못 두고 늙어버린 나 같은 사람에게는 부러움의 대상이 될 테니…

곱다는 말은 미용사로서 상술로 하는 덕담이기는 해도 싫지 않은 덕담이다. 늙고 죽는 것은 그 누구도 싫겠지. 태어나고 떠나는 것을 일반 사회에서는 자연이라고 하고, 기독교에서는 창조주께서 창조하신 질서라고 한다. 하지만 늙어가는 것이 누군들 싫지 않겠는가. 싫은 것만은 사실이다. 서옥숙은 거울에 비치는 모습에서 소녀시절을 더듬어본다. 아무리 그래도 소녀시절로 되돌아갈 수는 없겠지만, 맘만은 전날로 가고 싶다. 그런 맘을 가진다고 해서 죄악이 될까…

너만의
우연일까

서옥숙은 결혼이 무엇인지조차 모르면서 열아홉 나이에 홀아비 전기선 선생님과 결혼해서 오늘을 살아가고 있다. 대한민국이 산업화의 성공으로 이만큼 잘살게 되었지만, 산업화 초기도 아닌 때 중학교가 마지막이었던 젊은이들로서는 선망의 대상일 수 있는 고등학교 영어교사 전기선 선생님. 키도 훤칠한 데다 멋지게 잘생긴 영어 선생님. 그런 선생님이기는 하나 올망졸망한 세 아이들을 어떻게 키워낼지 고민에 빠진 홀아비. 그런 홀아비와 결혼해서 50여 년을 살아왔다. 열다섯 살이나 많은 한참 아저씨 같은 전기선 선생님의 아내로 말이다.

　　당시로서는 다른 선택이 없이 전기선 선생님과의 결혼이 절대적이었다. 많은 나이 차이도 상관없었다. 부모님도 말릴 수 없었다. 결혼하게 되면 앞으로 어떻게 살 것인지 생각할 필요조차 없었다. 두 살 터울인 여덟 살, 여섯 살, 그리고 기저귀도 아직 안 뗀 네 살배기 남자아이. 이 아이들이 살아가자면 엄마가 절대적이지 않은가. 그렇지만 엄마가 없다.

이 세 아이들 중에 네 살배기 아이의 눈빛과 마주친 서옥숙. 그 눈빛이 서옥숙의 영혼을 통째로 집어 삼켜버렸다. 네 살배기 막내는 서옥숙의 눈빛을 보았고, 서옥숙도 네 살배기 눈빛을 본 것이다. 네 살배기 눈빛도, 서옥숙 눈빛도 서로의 인생을 결정짓는 순간의 눈빛이었다. 그런 눈빛 때문에 70이 다 된 나이까지도 엄마로 불러주는 막내아들 전성호. 네 살배기 전성호의 눈빛만 아니었다면, 고교 시절 서옥숙을 좋아했던(얼마나 좋아했는지는 몰라도) 한상백이라는 청년이 남자로서 적극성만 띠었다면, 어쩌고저쩌고 해서 가정을 이루고 자식을 두었을지도 모를 일이다.

서로가 좋아는 했지만, 남녀유별이라는 시대적 분위기 때문에 드러내놓고 좋아할 수 없어서 맘에만 두고 있지 않았던가. 요즘 같으면야 남이 말하든지 말든지, 용접공이 용접 작업할 때처럼 번쩍거려 하는 수 없이 살까지 부딪쳤을지도 모르겠지만, 당시는 손이 닿을 수 있는 거리에 서 있기만 해도 흉이 되던 시절이었다. 뜨거운 사랑을 하려 해도 결혼을 하고서야 가능했다. 그랬기에 서로 좋아는 했지만 서옥숙과 한상백은 서로 너 없이는 안 된다고 하는, 죽고살고 하는 관계는 아니었던 것 같다.

시대가 변한 현대에는 서로가 좋으면 몸 섞는 것을 대수롭지 않게, 아니 당연하게 여기려들 한다. 하지만 전날에야 어디 그랬던가. 서로가 좋아해도 다른 사람들 눈에 띄지 않게 해야 했다. 그래서 주일학교 교사 모임 같은 공식 자리에서나 속눈으로 좋아했던 교회의 대학생 청년 한상백. 그런 한상백은 순한 것이 얼굴로도 나타났다.

그렇게 순한 사람이라 내가 전기선 선생님과 결혼했어도 맘속으로만 속상해 했을까. 한상백은 내가 결혼 후 목회자의 길로 가게 되었지만 말이다.

그때로부터 50여 년이 흐른 지금, 그때의 한상백은 어떻게 지내는지 궁금하기도 하다. 남자끼리가 아니라 비록 남녀 사이라 해도, 전날이 생각나 만나보고 싶으면 만나볼 수도 있지 않을까. 외국도 아니고 국내에서 살고 있다는데, 다 늙은 할아버지 할머니일지라도 남녀유별을 무시할 수 없는, 어디까지나 남녀이지 않은가. 그래서 근황만 듣고 있지만, 지금은 원로 목회자가 될 시점을 앞두고 살아간단다.

한상백은 학교로 치면 서옥숙보다 2년 선배였다. 고등학교 3학년 때 한상백은 군대를 앞둔 M대학 철학도였다. 같은 에덴교회를 섬기는 신앙인으로서 교회 고등부를 지도하는 멋진 대학생인 한상백 청년을 딸을 둔 부모들은 눈여겨보지 않았겠는가. 서옥숙의 부모님도 여느 부모님과 마찬가지로 시집갈 나이가 돼가는 딸이 있는데, 한상백 청년을 보셨을 것이다. 다만 한상백 청년과 자신의 딸이 좋아하고 있는지까지는 말을 해야만 알 수 있었겠지. 그려, 알고 있다 해도 한상백을 너도 좋아하느냐고 묻기란 아무리 부모지만 쉽지 않았을 것이다. 자신들이 서로 좋아한다고 말을 꺼낼 때까지는 모르는 척할 수밖에 없지 않겠는가.

그래도 만나고 싶은 맘이 절실하면 들통 나지 않게 몰래몰래 만날 수도 있지 않았을까. 지금의 생각이지만, 그렇게까지 만나고 싶은 맘이 뜨겁지 않아서 교회 일로만 매주 만났다. 공개된 자리라도 부부 말고는 남녀 간의 만남에 조심성이 필요한 시절이었다. 너무도 좋아 몰래 만나는 것까지 감시하는 눈은 없었겠지만, 시대적 분위기로 처녀총각이 쉽게 만나기는 절대 금기사항. 그런 금기사항을 무시하기라도 하는 날엔 남녀 간으로도 신성해야 할 교회가 연애당이라고 사회로부터 손가락질 당하기도 했던 게 생각난다.

지금은 칠십대 후반, 사실상 노인이지만, 주일날 보이질 않아 알아보니, 며칠 전 둘이 손 붙잡고 서울로 가버렸다지 않은가. 요즘이라면 아무것도 아닌 일이지만, 그런 일로 교회가 욕도 먹곤 했었다. 때문에 좋아한다는 말도 직접 하기란 어림도 없어, 손편지로만 맘을 주고받던 시절. 한상백 청년도 서옥숙만큼 좋아했다면, 느닷없이 세 아이를 둔 홀아비 전기선 선생님과 결혼한다는 말을 들었을 때, 그동안 좋아했던 아가씨라고 결혼 예식장을 뒤집어 엎을까 생각도 했다는 어떤 사람처럼, 예식장으로 쫓아가 한바탕 하고 싶지는 않았을까.

다 지난 전날 얘기지만, 거기까지도 생각나는 서옥숙. 한상백 청년이 서옥숙을 얼마나 좋아했는지 묻지 않아서 모르겠다. 하지만 지금 서옥숙은 우연으로나마 그를 어디서 만나기라도 하면, 그때 나를 좋아하기는 했느냐고 묻고도 싶다.

그때는 그렇게까지 할 수 없는 시대이긴 하지만, 한상백 청년이 서옥숙을 너무도 좋아한 나머지 마땅한 자리를 만들어서 남자로 돌변해 서옥숙을 덮치려 했다면, 서옥숙은 어떻게 대처했을까? '결혼도 않고 이게 무슨 짓이야!' 하며 화들짝 놀라 도망이라도 쳤을까? 처녀총각이지만 살덩이 섞는 것을 아무렇지도 않게 여기는 오늘날처럼, 우리는 앞으로 결혼할 사람이니 한상백 청년 요구에 응했을까?
그렇다. 여성으로서 남성들 요구에 응하는 것은 인간사회 질서상 결
혼식이 필요 요건은 되겠지만, 창조질서로는 꼭 결혼을 해야만 되는
절대 요건은 아니지 않은가.

 서옥숙은 아버지 서준석, 어머니 김순임의 넷째 딸로 태어나 네
살배기 눈빛이 열아홉 살 자신의 영혼을 삼켜버려 지금까지 왔다.
그런 바람에 그렇게, 그렇게 살아오기는 했어도, 주어진 인생에서 가
치 있는 그 무엇도 해놓은 것 없이 나이만 먹은 것 같다는 자조적인
생각이 드는가 보다. 누구나 다 있는 살붙이가 서옥숙 자신만 없다
는 생각….

 자식이 너무도 불효해서 차라리 자식이 없으면 좋겠다는 사람도
있긴 하겠지만, 세상에 태어나 자식도 없이 늙는다는 것은 상상도
못 할 일이라고 누구는 말한다. 젊어서야 자식이 있고 없고가 그렇
게 중요하지 않았을지 몰라도, 나이를 먹어서는 내가 이 세상에 태
어났다는 흔적은 누가 뭐래도 자식이라는 것을 알아야 할 것이다.
결혼을 포기하고 살아가겠다는 젊은이들은 말이다.

 앞서도 말했지만 오늘날의 젊은이들은 현대적 감각으로 살아가자
는 데 있을지 몰라도, 그것은 젊어서의 생각이지, 늙으면 자식이 얼
마나 귀중한 존재인지를 알 것이다. 자식이 잘나고 못나고의 문제는
다른 문제다.

 한참 노인이 되어버린 남편과 결혼해서 50여 년을 살고 있지만,
자식도 낳지 않은 채 노인이 되어버린 서옥숙은 이제 와서 후회한
다 해도 젊으로 되돌릴 수 없다는 것을 잘 안다. 하지만 그때는 전

기선 선생님에게 결혼해달라고 통사정하다시피 해서 결혼하지 않았는가. 그러나 남편이 좋아 결혼한 게 아니라, 생모가 없는 아이들을 키우기 위해 결혼한 것이었다. 아니, 세 아이들을 키우기 위해서가 아니라 그냥 좋아서….

그렇게 해서 남의 자식들이지만 계모로 생각지 않고 잘 자라주어 할 일을 했다는 자부심도 있다. 하지만 내 살붙이가 아니라는 데 숨길 수 없는 아쉬움이 있다. 그들로부터 무한한 대접을 받는 해도….

세월을 이기지 못해 떠나고 안 계신 어머니 얘기다. 모든 것이 풍부해서 미용을 절대로 하다시피 하는 현대사회에서는 남자건 여자건 뚱뚱하면 시집장가 갈 때, 면접서류 전형에서부터 탈락은 당연할 것이다. 하지만 전에는 남자일 경우 장군감으로, 여자일 경우 부잣집 맏며느릿감으로 보지 않았던가. 옛날과 달리 오늘날은 먹을거리가 풍족해 잘 먹어서 그럴 테지만, 환자 아니고는 거의 피둥피둥 살찐 사람들이 많지 않은가. 때문에 말을 허물없이 할 수 있는 처지들도 살 좀 빼라는 말은 못 한다. 아가씨일 경우 전날처럼 토실토실해서는 결혼을 포기까지 해야 할 오늘날이다.

오늘날에는 다른 부분은 좀 부족해도 키가 훤칠하면 대단한 자랑인양 여긴다. 하지만 옛날에야 어디 그랬는가. 신붓감일 경우 키는 좀 모자라도 계란형 얼굴에다 엉덩이가 몽실몽실하게 생겨야 자식도 잘 낳을 것 같다며, 시대적 미모로 보지 않았던가. 그런 시대에서 오늘날로 보면, 어머니는 159센티인 서옥숙보다 조금 작은 키. 그렇긴 하나 얼굴은 인기 있는 계란형인 데다 표정 관리는 선천적으로 밝아, 아들 둔 부모들은 어머니를 며느릿감으로 눈여겨봤을 것이다.

그런 어머니를 할아버지도 할머니도 마찬가지로 며느릿감으로 눈여겨보시고, 며느리로 삼고자 외조부모님에게 오늘날의 용어로 로비까지 퍼붓지 않았을까. 당시만 해도 양쪽 부모가 괜찮다 싶으면 혼인이 이루어졌다.

여기서 생각되는 것이 궁합이다. 오늘날에야 궁합을 보고 결혼하지는 않지만, 얼마 전까지만 해도 궁합을 봤다. 그래서 부모들은 궁합을 혼인의 절대적 조건으로 여겼다. 궁합이 있게 된 배경을 살펴보면 이렇다. 좋은 상대라고 소개를 받았지만 며느리(사위) 감으로는 탐탁지 않아 거절하기가 마땅치 않을 때 써먹으라고, 한학께나 한 양반들이 지혜를 발휘해 만든 것이 바로 궁합이다. 그런 궁합을 오늘날도 따지는 부모가 있을지 모르겠지만, 그 시절에는 운명을 가름하기도 하는양 여겼다. 생각해보면 궁합이라는 것을 잘못된 것으로만 아니라, 인간 사회에 있는 지혜의 한 방편으로 봐야겠다.

어디 그뿐인가. TV에 출연한 운명학자들은 이름도, 조상의 묘도 개인 운명을 가름한다고 말한다. 운명철학자들은 장난삼아 한번 해보는 말이 아니다. 사주팔자니 궁합이니 해서 논리적으로 꿰맞춘 것이라고 보면 될 것이다. 이런 문제와 관련해 전직 대통령들 후보 시절 개인 사무실도 그곳이 명당인지 아닌지 보는 것은 당연시했고, 조상의 묘도 명당인지 아닌지 따져 옮기기도 했다는 것 같다. 그런 것을 어디까지나 개인 문제라 탓할 일은 아니다. 그것은 인간사회의 도덕적 차원으로 만들어진 유교적 언어임을 알아둘 필요도 있지 않을까 싶다. 조상의 묘 숭상은 효를 강조한 것이 거기까지임도 우리는 알아야겠다.

여기서 다른 얘기를 잠시 하자면, 평신도로서 너무 나가는 말 같아 조심스럽지만, 오늘의 목회자들은 지나친 복 타령이다. '주옵소서'를 입에 주렁주렁 달고 목회를 하는가 싶다. 반성할 일로 달라고 할 게 있겠는가. 공기, 물, 불, 동식물 등 사람이 살아갈 수 있는 갖가지 것들을 다 주었다면, 그것들을 지혜를 발휘해 더 좋게, 좋게 만들어 사용하면 될 것 아닌가. 기독인으로서 빌 거면 세상 것이 아니라, 머잖아 떠나게 될 영혼 문제에다 생각을 두고 빌어야 할 것이다. 성경은 그렇게 말하고 있지 않은가.

인간 세계에서 운명이란 무엇인지 다시 거론할 필요는 없겠지만, 6개월 살기도 어렵겠다는 말기암도, 온 동네를 폐허로 쓸어버린 지진도, 바닷가 사람들을 집어삼킨 쓰나미도 운명이라고 말하는 운명철학자들도 있을까. 가뭄이 너무도 심해 기우제를 드려 기다리던 비가 내린다 하자. 그런 비가 노벨 평화상을 탄 마더 테레사 수녀 같은 인물 논밭에도, 희대의 사기꾼 조희팔보다 한 수 위인 최순실 아버지 최태민 같은 고약한 사람 논밭에도 구분치 않고 내린다는 생각을 운명철학자들은 왜 못하는 걸까? 사람 이름도 그렇다. 여러 사람 중에 부르고 싶은 사람이 있어서 '홍길동 씨?' 하고 콕 찍어 부르지 않고는 누가 '예.' 하겠는가. 때문에 이것을 두고 고유명사라고 말하는 것이다. 사람이 많다 보니 동명인이 수두룩하기는 해도 말이다.

그런데도 이름을 가지고 운명을 따지는 운명철학자들을 보면서 지식수준이 거기까지밖에 안 되는가 해서 한심스럽다는 생각도 해봤다. 비행기에서 김포공항을 내려다보면서 저 오밀조밀한 건물들 틈새에서 훗날을 점치는 단련된 입담으로 밥 벌어 먹고 사는 소위 운명철학자라는 사람들의 꾐에 빠지는 사람들도 있지 않을까. 다시 말하지만 운명철학은 개그 중의 개그인 것이다.

아무튼 운명철학으로든 오래오래 살아보겠다고 몸부림을 쳐봤자다. 굳이 운명을 따진다면 백년 안에 다 죽을 운명들이지 않은가. 묏자리가 명당이면…, 이름이 좋으면… 병들지 않을 것이며, 사업은 잘 될 것이며, 국회의원도 따놓은 당상이나 다름 아닐지, 그런 생각도 든다.

짐작뿐이지만 어머니를 며느릿감으로 본 조부모님은 집안 좋은 면만 보여주고, 그렇게 해서 어머니를 며느리로 삼았다. 그리곤 서옥숙 권사가 태어난 것이다. 미용사의 덕담대로 아직도 곱다는 말을 듣기는 고왔던 어머니로부터 이어진 유전적 요인이겠지만, 어머니처럼 키는 작다. 듣기 좋게 말해서 아담하다고나 할까. 그렇긴 하나 곱다는 말은 듣기도 해서, 친구들과 사진을 찍을 땐 맨 앞 중앙에 세우려고 한다. 때문에 비록 나이는 먹었지만 자신이 밉지 않은 얼굴인가, 착각이 다 들기도 한다.

오늘은 오후 1시에 있을 고향친구 아들 결혼식에 가야 한다. 고속버스로도 1시간 반가량 걸리는 유성 컨벤션 웨딩홀 결혼식장에 가는데, 다른 때보다는 곱게 하라고 미용사에게 부탁도 했다. 그렇다. 여성은 미용을 첫째로 하기에 꾸미는 데 많은 투자를 하기도 한다.

그렇지만 별난 성격인지는 몰라도, 아니, 유치원과 학원을 경영하는 원장으로 멋지게 꾸미는 것은 아니라서 늘 그렇게 살아온 습관이라고 할까. 꾸미는 것을 그리 좋아하지 않아 피부 보호 차원의 화장밖엔 안 하지만 말이다. 오늘 머리손질은 고향친구 조갑순의 맏아들 곽춘식의 결혼식에 참석하기 위해서다. 곽춘식은 마흔 살이 훨씬 넘도록 장가도 안 가고 있다기에 총각으로만 살 줄 알았는데, 나이를 그만큼 먹고 보니 혼자 살아가기 너무 억울하다는 생각이 들었을까. 결혼정보 회사를 통해 딸 같은 나이의 베트남 아가씨와 결혼한단다.

무지개동네
무지개

장가 드는 아들이야 좋을지 몰라도, 친구 조갑순은 말도 안 통할 베트남 아가씨를 사진으로만 봐서, 모양새며 맘씨가 궁금하기도 한데다, 한국 신부도 아닌 외국 아가씨를 며느리로 맞이해야 하는 맘이 좋지만 않은 듯하다. 거리에 나가보면 우리나라 아가씨들이 많고도 많은데, 그 중에 자기 며느리로 와줄 아가씨는 그리도 없단 말인가 하며 아쉽다고 전화로 말했다.

조갑순은 아들 둘 딸 넷, 6남매를 두었다. 작은아들도 딸들도 다 결혼해서 그런대로들 살아간다고 모임에서 말했었다. 조갑순의 남편 나이는 그녀보다 여섯 살이나 많지만, 건강은 나이에 비해 그런대로 괜찮다고 볼 수 있단다. 서로 멀리 떨어져 살기에 얘기만 듣는 편이지만, 젊었을 적 바람기가 너무도 심해 얼마나 맘고생이 심했는지, 요즘 같으면 두말할 필요 없이 이혼했을 거란다.

그런 남편이지만 이제는 맘 잡고 자기 곁에만 다가오는데, 어찌 싫다만 하겠으며, 나이 먹었는데 살면 얼마나 더 오래 살겠다고 과거를 따져 구박하겠는가? 그래도 마누라인데 죽을 때까지는 보살펴주어야지 한다. 다른 남편들도 그런지 어떤지 몰라도, 나이 먹어 허리 힘이 빠졌을 법도 한데, 비아그라를 드시는지 합방 요구가 일주일이 멀다는 우스갯소리도 제법 하는 친구다.

말이야 그렇게 해도 여간 고맙지 않은 친구다. 그려, 나이 먹은 여편네들끼리 하는 야한 얘기는 분위기를 좋게 한다면서 우스갯소리를 잘도 하는 조갑순은 말 붙이기도 편하고 인정도 많아 고마운 친구다.

그런 조갑순 말고도 고향친구가 많아 올해로 칠순이 된 서기순, 표순례, 정명순, 김양례, 김선례, 그리고 모두 동갑내기들로 장영순, 기미자, 김상례, 정순희, 남궁순, 노희자, 김남순, 서옥숙까지 14명이다. 물론 친구가 두 명 더 있지만 외국으로 이민을 가버려 모임 친구은 14명이다. 그들과 두 달에 한 번씩은 모임을 갖는데, 모일 때마다 온갖 수다를 다 떤다.

나이를 먹으면 건강 문제도 중요하겠지만 경제적으로 부족함이 없어야 할 텐데, 자식들로부터 생활비를 타 써야 하는 친구들도 있다. 그런 친구들 얘기를 들으면 생활 형편이 비교적 괜찮은 자신의 형편과 비교도 하게 된다. 경제 형편 문제도 있지만, 이제는 어쩔 수 없이 나이 먹은 입장들이라 건강 문제도, 아들들 결혼 문제도 자신의 형편과 비교하게 된다.

서옥숙은 격월로 모이는 이 모임에 참석하는 친구들의 사정을 들여다본다.

서기순 친구는 4남매를 두었는데, 딸 둘만 결혼시켰다. 아들들은 오십이 머지않았는데 색시도 없어서, 두 아들을 보면 너무도 불쌍하단 생각이 든다. 딸들은 돈이 없어도 예쁘기만 하면 돈 많은 녀석들과 어쩌고 저쩌고 해서 스스로들 결혼하다시피 하는데, 아들놈들은 어디 그런가. 신랑감이라면 돈도 좀 있고 직업도 괜찮아야 하고, 특히 시부모가 있는지 없는지의 여부도 중요해진다. 그렇게까지 따지는 것을 그러면 안 된다고 야단칠 수도 없어서, 부모된 입장에서 슬픈 일이다. 그렇긴 해도 그것을 원망해봤자 들어줄 사람도 없어 맘만 아플 뿐이다. 서기순은 그것을 몹시 속상해 한다.

표순례 친구는 젊어서 애 둘을 둔 상태에서 남편이 교통사고로 사망하는 바람에 과부가 되었다. 애들 데리고 자기주장이 강한 전직 교사였던 남편과 재혼해서 경제적으로는 어려움 없이 그런대로 살아간다. 하지만 생활비를 타서 쓰는 편인데, 타 쓰는 생활비라서 그런지 항상 모자란다. 교사라고 다 그렇지는 않겠지만, 생각이 너무 좁쌀 같아 생활비를 주면서도 꼬치꼬치 따져 묻는 남편에게 경제권을 바라기는 어림도 없지만, 그렇다고 해서 이혼할 수도 없다.

정명순 친구는 서울 가락시장에서도 토박이라는 말을 들을 정도로 오래전부터 장사를 한다. 남편은 떠벌이 같아도 장사 수완은 좋아 경제적으로는 괜찮다. 하지만 바라는 아들은 못 낳고 딸만 자그마치 여섯을 낳았다고 구박할 뿐 아니라 곁으로 다가오질 않는다. 그런 남편이지만 여자 몸을 싫어하겠는가. 그래서 한번 남성들 눈이 휘둥그레질 야한 차림을 보여주면 어떨까 하는데, 잘 될지 모르겠다고 너스레 떤다. 그러면서 난리만 아니면, 거리에 멋진 남자들이 널려 있는데 그럴 수도 없어 속상하다는 우스갯말도 제법 한다.

김양례 친구는 5남매를 두었는데 다 결혼시켜 그런대로들 살아가고 있다. 하지만 남편이 중위로 제대했을 때, 그냥 놀 수 없어 무언가 해볼까 하는 생각으로 군인 연금을 일시불로 타려 했다. 그때 그녀는 "당신은 군대 생활만 해서 사회를 모르니 그만두라."고 했다. 그 결과 남편은 지금에 와서 "당신이 그렇게 말리지 않았으면 큰일 날 뻔했다."며 고마워한다. 그러면서도 몸뚱이만은 자기 것이니 매일 달라고 한단다.

김선례 친구는 김양례 친구처럼 5남매를 두었다. 농사 목적으로 23년 전에 논산으로 이사 가서 딸기 농사를 짓는다. 그래서 기회가 모임과 맞아떨어지면 딸기 몇 팩을 승용차에 싣고 온다. 자기 남편은 남 대접하기를 지나칠 만큼 잘한다고 은근 슬쩍 남편자랑도 하지만, 그래도 정이 많아 고마운 친구다.

장영순 친구는 남편이 조폭처럼 우락부락하게 생기기는 했어도 마누라에게 쓰는 맘씨는 명주고름 같아서, 마누라가 아프기라도 할까봐 건강 차원에서 보약도 수시로 챙겨준다. 자기는 등산 동호회 회원들과 대한민국 유명한 산마다 수시로 오르다 보니, 허벅지가 그만큼 튼튼해졌고, 그것이 마누라를 품는 데까지도 효과를 나타내, 덤벼들 땐 배고픈 맹수 같다나 뭐라나 한다.

기미자 친구는 돈 만지는 수완이 대단해서, 돈이 될 만한 것이면 신중하게 따지지도 않고 이곳저곳에 투자한다. 그랬다가 큰 손해를 보는 바람에 은행 빚도 많아, 결국 남편으로부터 이혼 당한 상태라 사실상 과부이다. 하지만 지금까지의 버릇을 어쩌지 못해 돈이 될 만한 곳마다 기웃거리곤 한다. 그런 곳에는 주로 젊은 놈들이 있다

보니 술 한잔씩 하게 된다. 그런데 나이를 먹기는 했어도 부엌때기가 아니게 보여서 그런지, 이 늑대 같은 놈들이 곁눈질도 하는가 싶더니, '에이, 너무 늙었잖아, 싱싱한 것들도 많은데…' 하는 생각인지, 점잖은 태도로 바꾸더란다.

김삼례 친구는 부모 덕으로 사범학교를 나와 중고등학교 교사로 재직하면서, 같은 입장끼리 결혼해 딸 둘만 두었다. 퇴직 후에는 연금으로 살아가는데, 연금이 두 몫이나 되다 보니 해외여행을 즐기느라 모임에 빠지는 경우가 많다. 그래서 미안하다는 의미인지는 몰라도, 밥값도 제법 자기가 내곤 하는 편이다. 게다가 전직 교사였다는 위세가 전혀 없어 얘기하기 편하다는 친구들의 평을 듣는다. 교직 생활에서 다듬어진 심성이겠지만, 누구에게든 험담이라고는 전혀 없이 옛날에 있었던 아름다운 얘기만 하려 하는 게 서옥숙과 성격이 비슷하다.

정순희 친구는 남편이 부동산 중개사 자격증을 따 사무실도 가지고 있다. 하지만 부동산 경기가 나빠서 그렇겠지만, 자기 용돈 벌기도 바쁜 데다 산아억제 정책에 의해 묶어놓은 것이 마누라 곁을 잊었을까 몰라도, 몸에 지닌 씨앗은 괜찮은지 아들만 넷을 두었다. 큰아들만 아직 결혼을 못 시켜 맘이 좀 그렇지만, 단기 차익 주식에 손댄 것이 손해를 보기도 하지만, 이익이 날 땐 기분 좋기가 남편이 덮칠 때보다 더 좋아한다.

남궁순 친구는 남매만 두었다. 남편은 농사꾼으로만 살겠다는 건지, 신 농법인가 뭔가에만 빠져 있다. 아들을 이십대에서 결혼시켰지만, 며느리가 아이를 갖지 못해 결국 이혼을 했다. 그 후 미혼모와 재혼해서 남매를 낳고 잘살고 있어서 다행이다. 그래서 "야, 전처가 이혼하자 해서 이혼했으니 망정이지, 아이도 낳지 못하면서 이혼도 않고 버티고만 있었으면 어쩔 뻔했니, 네 색시는 무엇이 무엇인지 판단이 흐릿할 십대 후반 시기에 청춘을 재밌게만 휘두르다 보니, 덜컥 애가 생겨 결국은 미혼모가 된 거지. 그때는 흉이었을지 몰라도, 지금은 어떠냐. 비록 네 씨는 아니지만 자식 하나를 덤으로 얻은 셈이다. 그렇게 보면 너는 누구도 부러워할 3남매를 둔 당당한 아빠가 된 것이다. 그러니 네 색시에게 잘해야겠지만, 이혼한 기순에게도 맘속으로라도 고맙다고 해야겠다." 아들에게 이렇게 말했다고 한다.

노희자 친구도 주식에 손대고 있지만, 대체로 안전하다고 할 수 있는 통신주나 한전주 같은 것만 사두었다. 신문을 보더라도 경제면만 보게 돼 경제적 지식이 그만큼 높아졌다며, 경제 전문가가 된 것처럼 모임과는 어울리지 않는 이론을 펴곤 한다. 그래서 친구들은 싫어하는 눈치인데도 그런 눈치도 모르는 듯해서 좀 그렇긴 하나, 어디 모두가 다 좋아하는 사람들만 살아가는 사회인가. 그렇지 못한 사람도 살아가는 사회이지. 그렇게 보면 필요 없는 말도 입담이 좋으면 분위기를 살리지 않는가. 아무튼 남에게 손해를 끼치려 드는 친구는 아니다.

김남순 친구는 조실부모한 것 때문은 아니겠지만, 친구들 중에서도 자립심이 강하다. 나이 먹도록 시집갈 생각도 없이 돈 버는 데만 신경을 쓰더니, 사업상이기는 하나 싱싱한 남자들과 자주 만난다는 말을 들었다. 하지만 시집갈 병이라도 생겼는지 삼십대 중반에야 결혼했다. 나이는 먹었지만 아랫배만은 튼튼했는지, 아니면 남편 씨앗이 건강한 덕인지, 아들 둘 딸 둘 4남매를 두 살 터울로 거침없이 쑤욱 뽑아냈다. 딸들만 결혼시키고 아들 둘은 만나는 여자 친구만 있다.

그런 친구들과는 서로 멀리들 떨어져 살기에 모임 아니면 만날 기회가 좀처럼 없어 듣기만 하는 편이다. 그렇다. 창조주가 남녀를 왜 두었는지 생각해볼 필요도 없이 가족을 두라는 의미이지 않은가. 가족이란 어떤 존잰가? 웃음을 주는 존재로, 남의 아이지만 예쁘게 보이는 것도 그런 이유 때문이 아니겠는가. 자식이 없는 사람은 자식을 두고자 얼마나 애쓰는가. 애를 써서라도 아이가 태어나면 다행이지만, 성공하지 못하면 부부간 합방을 하려 해도 재미가 있겠는가.

아이도 못 낳은 몸뚱이라는 생각이 들어, 합방을 해도 신나지 않을 것은 짐작이 필요 없을 것 같다. 사십이 넘은 부부지만 자식이 없어 웃음은커녕 풀이 죽어 사는 것을 어렵지 않게 볼 수 있는 오늘날이다. 삼십대 가임 여성들이여! 지금 무슨 말을 하고 있는지 알겠는가?

고향친구들 모임은 많은 빚 때문에 이혼 당한 기미자 친구의 주선으로 시작되었는데, 벌써 이렇게 됐나 싶게 올해로 이십칠 년째이다. 두 달에 한 번씩 격월제로 모여 얼굴을 보게 되는데, 그때마다 친구들 표정을 보게 된다. 무슨 걱정거리는 없는지 말이다.

서옥숙은 기독인이라 새벽 기도회에 늘 가는데, 그때마다 고향친구들 모습이 떠오른다. 나이 때문이겠지만, 건강들이 이전 같지 않고, 무릎이 아프니 어쩌니 하면서 점점 힘들어하는 것 같아 서옥숙은 안타깝다는 생각을 하게 된다. 핸드백에서 손수건을 꺼내 목을 닦는다. 물론 그런 생각 때문은 아니지만….

그러면 지금의 서옥숙은 어떤가. 친구들 모임만큼은 빠짐없이 참석하지만, 성격상 남편 잠자리가 이러니 저러니 하는 야한 우스갯소리를 잘 못하기 때문에, 수다를 떠는 친구들로부터 거리감을 좀 느끼는 편이다. 성격상도 그렇지만 남편은 열다섯 살이나 많이 차이나는 84세로 사실상 할아버지다. 친구들은 어떻게 생각할지 몰라도, 그런 할아버지와 살아가는 입장이라 친구들 우스갯소리에 비위 맞추기가 어색해서 듣기만 하는 편이다. 물론 유치원과 학원장으로 사십년 가까이 살아오는 동안 오직 어린이들과 같이했다고 볼 수 있기에, 우스갯소리를 할 기회조차도 없었다.

만들어진
인연

남편은 사실상 할아버지로서 서옥숙과는 안 어울린다. 모르는 사람이 보면 친정아버지나 시아버지로 볼지도 모르는 부부 관계다. 그렇지만 살아오면서 다툼은 단 한 차례도 없었던 것 같다. 남편은 고등학교 교사로 재직하다 정년퇴직했지만, 본시 학자 같은 성격을 지녔다고 할까. 행동도 말도 늘 조심한다.

　인간관계는 완벽하기보다는 빈틈도 좀 있는 게 더 좋을 수도 있는데, 그렇게 보면 험이 있다고 봐야 할지 모르겠지만 본성일 수도 있는, 완벽하다면 완벽한 남편. 남편은 174cm의 훤칠한 키, 크다면 큰키이다. 요즈음으로 봐서는 보통 키로 볼지 모르겠지만, 1950년대까지만 해도 여성들이 좋아할 만큼 쭈욱 빠진 몸매였다. 그런 남편도 어쩔 수 없이 노인이 되었기에, 살집은 옛날처럼은 아니어도 허리도 굽지 않고 꼿꼿하다.

　아무리 꼿꼿해도 마누라 입장으로서는 좋아할 수는 없는 확실한 노인, 그런 노인이 수영장 가기, 공원에서 걷기, 집에서 독서하기 등…; 늘 그렇다. 전날이야 고등학교 선생님으로 삶이 그랬지만, 나이 때문에 일과가 매일 이렇다고 봐야겠다. 남편은 서옥숙이 전도를 해서 신앙인이 되었고, 교회 장로가 되었고, 이제는 원로 장로로 신앙생활을 한다. 독서는 신앙 관련 서적이나 에세이집을 주로 보곤 한다.

서옥숙의 성격도 유치원과 학원 원장이라는 직업으로 굳어졌는지 몰라도, 남편과 비슷해서 남편 따라 수영장 가기, 공원에서 걷기, 독서하기 등, 일과가 이렇다고 보면 될 것 같다. 지금은 유치원과 학원까지 작은며느리에게 물려주었다고 할까. 그런데 유치원 교사로부터 유치원 원장까지가 이력이라면 이력인데, 그렇게 되기까지는 남편이 전적으로 밀어주었다. 결혼하고 세 아이들을 학교 보내놓고 나면 아이들이 학교에서 돌아올 때까지 너무 무료하지 않을까 해서, 남편이 배려 차원에서 유치원 선생을 하도록 권한 데서 처음 시작하게 되었다. 생활 형편이야 남을 도울 정도는 아니어도 밥 먹고 살기는 걱정 없을 정도이기에 유치원 교사를 몇 년 않고 유치원을 개설했다. 하지만 그것도 이제는 2선으로 물러나서 한가하다 보니, 과거에 젖는 날이 많아지곤 한다. 그래서이기도 하지만, 특별한 일 아니면 남편과 늘 다니는 곳이 수영장이다. 이렇게 같이 다니는 것을 남편은 당연히 여기고 여간 좋아하지 않는다. 아내 서옥숙도 마찬가지다.

아들들이, 손주들이 있다 해도, 그들은 그들대로 살아가느라 바빠서 만날 기회가 별로 없다. 그래서는 아니지만 서옥숙은 아무도 없다는 생각 때문에 외로움에 젖는 날이 점점 더해진다. 그렇기에 노인이지만 남편이 없으면 안 될 것 같아 남편이 서옥숙의 전부일 수도 있다. 남편 또한 서옥숙에 대해 현재로서는 그러리라 싶다.

생각하기도 싫지만 둘 중 어느 한편은 먼저 떠나게 될 텐데, 그렇게 되는 날엔 혼자 남은 삶이 어떻게 될까 싶기도 하다. 나이 순서로는 남편이 먼저 떠날 것이 아닌가. 이런 생각을 남편도 하느냐고 물으면 어떤 대답이 나올까. 모르긴 해도 아내 서옥숙의 생각과 별반 다르지 않을 것 같다. 남편은 아내가 어디든지 따라 나서는 것을 좋아해서, 옷차림은 물론 머리 모양까지도 곱게 하길 바라는 눈치다. 말수가 적은 편이라 직접 말은 안 하지만 말이다.

남편의 맘이 아니라도 나이 먹을수록 깔끔해야 한다는 생각을 서옥숙은 가지고 있다. 그러기에 멋진 것은 아니나 집안에서도 거의 외출 수준의 차림을 한다. 사정상 수영장에 못 가게 될 때는 몸도 꼭 씻는다.

나이가 들면 한 침대를 쓰지 않는다고 하는데, 종족번식 기간이라면 한 침대를 쓰는 것이 당연하겠지만, 그런 기간이 넘으면 싫어져 한 침대는 불편하겠지. 그래, 거기까지는 아니어도 침대 둘을 한 침대처럼 맞대고 살아간다. 그렇지 않으면 자식이 없다는 외로움에 더 외로워질 것 같아서이다.

그렇게 하는 것을 남편이 싫어한다면 모를까 좋아해서, 다른 사정이 없는 한 계속 그렇게 침대를 쓸 것이다. 따로 침대지만 한 침대같아 냄새라도 날까 봐, 저녁식사 반찬은 김치를 거의 안 먹는 편이다. 이것은 아내로서의 기본이다. 젊어서부터 그랬다. 이런 생각으로 50여 년을 부부로 살아왔는데, 그것을 남편이 어찌 모르겠는가. 지금은 나이 때문은 아니지만, 젊어서 남편과의 입맞춤은 사랑의 최고점이 아니었다. 그래서 남편에게 사랑을 맘껏 퍼부었다. 물론 남편도 좋아했을 테고.

수영장에 갈 때도, 걷기운동 나갈 때도, 주변 눈들 때문에 손만 잡지 않을 뿐 거의 붙어 다닌다. 그렇지만 남편은 사실상 노인이라 넘어지지나 않을까 해서 신경이 쓰이기도 해서, 될 수 있으면 엘리베이터를 이용하자고 한다. 남편도 아내 말에 토를 다는 일은 거의 없다. 만약이기는 하지만 넘어져 다치기라도 하는 날엔 아들들 맘고생도 되겠지만, 그보다는 '우리 색시(늙었어도 색시다) 고생시킬 테니 절대적으로 조심해야 한다'는 생각 땜에 그러지 않을까.

그런 맘이 처음이 아니기에 오늘날까지 언쟁 한번 없이 지금까지 살아왔고 앞으로도 그렇게 살아갈 작정이다. 엄마가 없어 세 아들을 어떻게 키울까 걱정에 빠져 있을 때, 서옥숙 아가씨가 나타나 세 아이들을 돌보면서 결국 전기선 선생님의 아내가 되었고, 전기선 선생님은 교회 장로가 된 것이다. 주일날 교회에 세 아이를 데리고 갈 때마다 남편은 서옥숙을 따라 교회에 가는 어린 세 아들의 행동이 궁금해서 들여다보곤 했다. 그처럼 남편 전기선 선생님은 서옥숙 아가씨의 기도 소리를 듣고 신앙인이 되고 장로까지 된 것으로 봐야겠다.

지금이야 노인이라 돋보기안경을 착용하지만, 서옥숙은 아직 덜 늙어 눈도 남편처럼 어둡지는 않다. 건강 차원의 걷기, 독서하기를 게을리하지 않아, 지식적으로 가르칠 정도는 못 되도 듣는 수준은 높아졌다고 할까. 그렇지만 친구들은 다른 것은 부족할지 몰라도 자식이라는 살붙이가 있어서 허전하지는 않을 것이다. 하지만 서옥숙에게는 살붙이가 없다. 남의 몸으로 낳은 자식들은 있지만, 서옥숙의 살붙이가 아니지 않은가. 지금은 자식이 있으면 하는 맘이다. 잘나고 못나고는 상관없다. 어떤 자식이든 있어야만 한다는 생각이 절실해지는가 보다. 곧 살붙이 말이다.

현대에는 아들만 생각하지 않지만, 전날에서는 어디 그랬는가. 딸이든 아들이든 자식이 없으면 사람 대접을 받을 수 없었다. 딸들은 있어도 아들이 없으면, 나 죽으면 모든 것이 끝이라는 생각에 스스로 초라해졌다. 아들이 없으면 하대받기도 했다. 물론 무식하다고 생각되는 사람에게이지만, 1950년대 초까지만 해도 그랬다. 전날에는 유식한 사람이라고는 한학을 한 사람뿐이라고 말할 수도 있지만, 그랬다.

그랬던 예전을 오늘날에 보면 왜들 그랬을까 싶기도 하지만, 그런 남편을 바라보는 아내들은 아들을 못 낳아준 죄인이라는 생각에, 싫지만 매를 맞아도 도망치지 못했다. 너무도 싫어 도망치려 해도 갈 곳이 없어, 매를 맞으면서까지 남편의 뜻을 다 받아주지 않았던가.

한(恨)이라는
굴레

쉽게 말하기 조심스럽지만, 우리 조상들은 후손이 있어야 한다는 절대적 인식을 갖고 있었는데, 그러기까지에는 스님들이 상당한 역할을 했을 것이다. 전날에서는 자식이 있고 없고에 따라 인간으로서의 사회적 대접이 얼마나 달랐는가. '발가락이 닮았다'라는 말도 있는데, 이는 내 씨가 아니라는 의미의 말이다. '발가락이 닮았다'를 관련지어 백일기도 얘기를 해볼 수 있다.

백일기도는 아낙들에게만 한정지어진 것은 아닐 테지만, 사실상 아낙들에게 해당되는 것이긴 하다. 그런 백일기도가 언제부터 있게 되었으며, 무슨 생각으로 생겨난 것인지 확인까지는 못했어도, 해방 때까지도 백일기도가 있었다는 말을 들었다. 그런 백일기도는 스님들에게 성 해우소(화장실) 같았을 것이 아닌가. 그런 스님들 행위가 잘못된 게 아니라, 결과적으로는 사람을 살린 것이라고 봐야 할 것이다.

혼인을 했으면 후손을 두는 것이 당연해서, 남편은 물론 시부모님도 애기가 들어섰다는 소식이 있기를 바라며 항상 눈과 귀를 열어놓고 며느리의 태도를 보고 들으려 했을 것이다. 그렇게 들으려고 해도 혼인한 지 반년이 넘도록 아무 소식이 없으면 불안해지기 시작한다. 지혜 있는 시부모는 '혹 우리 아들에게 씨가 없는 것은 아닌가? 애기 밭이 문제가 있는 것은 아닌가?' 하는 생각을 하곤 했으리라. 그때를 살아보지를 않아서 모르기는 해도 말이다.

아무튼 아들이 없어서는 안 된다는 시대적 상황. 유 씨 집안으로 시집왔으면 유 씨 가문을 이어줄 튼실한 아들을 낳아주어야 할 텐데, 애기가 들어서질 않아 며느리로서는 시부모님의 눈치가 보일 것은 두말할 필요가 없을 것이다. 그래서 며느리는 불안한 맘이 있는데, 시어머니는 거기다 대고 '아직도 소식이 없냐? 너는 밥값도 못하냐?' 하는 식으로 대놓고 그러면 죽을 맛이 아니었겠는가. 애가 생기게 하려면 남편을 끌어안는 것밖에 다른 방법이 없는데 어떻게 할 것인가. 애가 들어서고 말고는 억지로 안 되는 일이기 때문에, 밥을 먹으려 해도 밥이 목구멍으로 넘어가질 않아, 밥을 먹다 말고 숟가락을 놓아버리기 일쑤.

혼인이야 열일곱에 했지만, 이제 갓 열아홉 살이라 세상 물정도 모르는, 아직 어리다면 어린 며느리. 나이는 비록 어려도 지혜 많은 부모 밑에서 자랐다면, 시부모님이 그리해도 살아야 한다는 생각으로, 먹는 밥만이라도 용감하게 먹어야 하지 않았을까. 시대적으로 시부모는 온몸으로 받들어 모셔야 하는 절대적 존재인데 그렇지 못한 며느리들이 대부분이어서, 그런 며느리를 위로해줄 사람은 이 세상 어디에도 없지 않겠는가.

그런 일로 친정에 가서 부모님 앞에서 실컷 울고 싶어도, 시부모님이 보내주지 않으면 맘대로 갈 수도 없는 친정. 보내줘서 친정에 간다 해도, 시집을 갔으면 출가외인이기 때문에 '시집살이 많이 힘들지?'라고 하실 친정 부모님도 아니었다. 그렇듯 시집살이가 얼마나 힘들었으면 고추보다 맵다 했을까. 그래서 한(恨)이라는 말이 생겨났고, 우리 민족을 한민족이라고 하지 않았을까. 물론 한스럽다는 '恨'자와 한민족이라는 '韓'자는 다른 글자이다. 그러나 한민족이라는 말은 고추보다 더 매운 시집살이에서 연유된 말로서 글자만 달리했다고 본다면, 엉터리 해석일까.

한민족이라는 말이 어디서부터 유래된 글자인지 이곳저곳 여러 곳을 찾아보고 뒤져봐도, '韓'자가 아니라 한스럽다는 '恨'자밖에 해석이 더는 안 되는 걸 어떻게 할까.

우리 민족을 상징하기도 하는 노래 '아리랑'의 가사도 음률도 한스럽다는 어조로 되어 있다. 우리는 보통 한스럽다는 '恨'자와 한민족이라는 '韓'자를 글로만 알 뿐이다.

지금 상황으로는 애를 낳지 못해 버려지는 인생이 될지도 모른다는 불안한 생각 때문에 속만 끓이면서, 종일토록 호미질만 한 몸으로 잠자리에 들어 잠이 들까말까할 시간에 시어머니는

"아가야, 일어나거라. 달님이 뜨신다."

하고 재촉한다. 그러면 며느리가 대답한다.

"예, 어머님!"

어린 며느리는 너무도 피곤한 나머지 잠이 쏟아져 쓰러질 정도지만, 그래도 어쩌겠는가. 시어머님이 그렇게까지 말씀 안 하셔도 틈실

한 아들 하나 점지해달라고 달님께 빌어야지.

"그래, 몸은 씻었겠지? 안 씻었으면 물 길어다 씻어라. 정한수는 내가 떠다 놓으마."

"예, 어머님!"

"달님이 이만큼 오시면 이 소복으로 갈아입고 이 자리에서 빌어라."

뒤뜰 감나무를 가리키며 시어머니가 말한다.

"예, 어머님!"

며느리는 그렇게 해서 달님께 빈다.

"영특하신 달님, 애기가 들어설 때가 넘었는데도 아직 아무 소식이 없어요, 그러니 달덩이 같은 아들 하나 점지해주시기라요."

며느리는 두 손바닥이 다 닳토록 싹싹 빈다. 그렇게 반년이 넘도록 빌고, 빌고 또 빌고 아무리 빌어봐도, 바라던 애기가 들어설 기미조차도 없다니…. 달님은 너무 멀리 계셔서 들리지 않는 걸까? 이렇게 정성을 다해 비는데도 된다. 안 된다 아무 소식도 안 주시다니…. 달님은 어찌 그리도 무심하실까. 자식을 얻기 위해 남편 품기를 여자로서 곤란할 때만 말고는 날마다 품고, 남편은 있는 힘 다해 자기 씨를 심는 것 같은데도 소식이 없다니….

남편 품는 것을 오늘날에는 쾌락의 의미도 포함되기에 섹스라 하고, 전날에는 자식을 두자는 데 의미가 있기에 정사라 했다. 시어머님은 달님께 반년이 넘도록 빌고, 빌고 또 빌어봐도 애가 들어서질 않자, 그동안 들었던 백일기도 생각이 번득 떠올라, 담뱃대를 문 남편 턱밑까지 다가가 올려다보며 윗목 귀신이라도 들을세라 들릴 듯

말 듯 말한다.

"영감, 우리 며느리 어디로 좀 보내봅시다. 달님께 그렇게 빌어봐도 효험이 없잖아요. 그러니…."

영감은 뜬금없는 말 같아 물었던 담뱃대를 입에서 떼면서

"어디로…?"

하고 표정으로만 말할 뿐이다. 마누라가 그렇게 말했지만('마누라라는 말은 어학사전에서는 '중년이 넘은 아내를 허물없이 이르는 말'이라고 되어 있지만, 천민들은 쓸 수 없는 높임말이다), 영감은 무슨 말을 하려는지 알아차렸을 것이다. 그동안 우스갯소리로만 들었던 백일기도 얘기라는 것을….

"절간에 가서 백일기도를 드리면 부처님께서 튼실한 아들 하나 점지해주시지 않을까요?"

영감은 담뱃대를 다시 물고 천장을 한참 머-엉하니 쳐다보면서 큰기침을 한다.

"어흠!"

손주를 보려면 그럴 수밖에 없을지라도, 복잡하신가 보다. 된기침까지 내뱉는 걸 보면.

"영감께서 그렇게 하신 줄로 알고 며느리에게 말해둘게요."

"어흠!"

나로부터 이어질 후손은 아니지만, 아들 손주가 없어서는 안 되는 시대적 상황에서 안 된다고 어떻게 딱 잘라말하겠는가. 다른 며느리들은 아들딸을 잘도 낳던데, 우리 며느리는 왜 그럴까. 조상의 산소를 옮겨볼까? 시아버지 머릿속은 여간 복잡하지 않다. 지금의 묏자리도 명당자리로 알고 벼 몇 섬도 아깝지 않게 지관님께 드렸는

데…. 그러면 명당이 아니라는 건가?

"아가야, 이 시어미가 너를 너무 고생시키는가 싶어 미안하다만 어쩌겠니. 고생을 한 번 더 해야겠다."

"예, 어머님, 무슨 말씀이신데요?"

"다름이 아니라, 백일기도다. 그것도 집에서가 아니라 절간에 가서…."

"어머님, 절간에 가서요?"

"그래, 반년이 넘도록 달님께 빌어봤는데 효험을 못 봤잖니. 그러니 이제는 백일기도밖에 더는 없을 것 같다. 맘 단단히 먹고 있어라. 제일 좋은 날이 언제인지 날 잡아서 그때 이 시어미가 데려다줄게."

"…?"

백일기도가 무엇인지, 며느리는 처음 듣는 말인가 보다. '절간에 가서요?' 하는 걸 보면. 딱 믿기는 어렵겠지만, 부처님께서 튼실한 아들 하나 점지해주시지 않을까 해서 절간에 들어가 부처님께 빌어봤다. 그런데 부처님께서 점지해주시는 게 아니라, 스님의 씨를 받게 된 것이다.

어쨌든 그렇게 해서 백일기도 하러 절간에 간 아낙에게 스님은 나무아미타불관세음보살 합장 인사로부터 '애기를 갖기 위해서는…' 하면서 당부의 말을 한다.

"아 예, 그러세요? 애를 갖고 싶으시면 힘들다고 기도를 개을리하시지 말고 '부처님, 제가 애가 들어서질 않아 남편도 시부모님도 걱정이 이만저만이 아니십니다. 그러니 튼실한 아들 하나 점지해주십시오. 나무아미타불관세음보살.' 이렇게 외우면서 108배를 드리시

되, 아침에 일어나자마자 드리고, 아침을 먹고도 드리고, 점심을 먹고서도, 저녁을 먹고서도 드리십시오.

백일 동안 단 하루도 거르지 마시고요. 그렇게 매일 드리는 것은 물론, 몸도 날마다 청결하게 씻으십시오. 그러면 스님은 매일 밤 찾아가 부처님의 말씀을 가르쳐드릴 것입니다."

"예, 스님."

씨를 받고자 절간에 왔으니 몸을 날마다 청결하게 해야 한다는 생각을 가지고 있었지만, 굳이 그런 말씀까지 강조는 무슨 의미일까? 이해가 잘 안 돼 '다시 한 번 말씀을 주시면 안 될까요?' 그렇게 물을 생각도 들지만, 스님은 엄청 높으시기에 그렇게 물을 수는 없다. 자식을 점지해달라고 절간에 오긴 했으나, 어디까지나 스님의 말씀이지만 부처님의 말씀으로 들어야 할 불자이지 않은가.

"부인께서는 그런 줄 알고 한밤중에 방문을 열어도 겁을 먹거나 놀라거나 하실 필요 없어요. 스님이 시키는 대로만 하세요. 그래야 부인께서 바라시는 애기가 들어서지, 그렇지 않으면 헛고생만 할 수도 있으니 명심하십시오. 무슨 말인지 아시겠지요?"

부처님이 '점지해주실 거'라가 아니라 '들어설 거'라? 궁금하기는 해도 존경하는 스님인데 어쩌겠는가. 들어설 거라는 말이 좀 거슬리기는 하나, 스님은 공부를 많이 해서 설명을 그렇게 잘하실 테지만, 아무래도 처음은 아니신 것 같다. 숙련된 말씀이다.

"예, 스님!"

"여기 이 불상(조금한 불상) 앞에서 주문을 외우고 계십시오. 이 묵주를 하나씩 넘기면서…"

그리고 계시면 스님께서 찾아가 부처님 말씀을 드릴 것입니다."

"예, 스님!"

무슨 꿍꿍이 행동을 할지는 몰라도 '예'라고 대답만 연거푸 하게 된다. 백일기도란 무엇인지 설명을 그렇게 해도 잘 모르겠다는 아낙….

"부인?"

"예, 스님!"

"오늘밤부터 백일간 이 월성 스님이 매일 밤 부인한테 갈 것 같은데, 그때마다 다른 생각 하시면 안 됩니다. 아시겠지요?"

"예, 스님! 감사합니다."

처음 와본 절간에서 한 번도 들어보지 못한 말을 스님은 수차례 하신다. 튼실한 아들 하나 점지해달라고 부처님께 빌러 온 갓 열아홉 살 젊은 아낙에게….

지금까지 말한 스님의 말이 무슨 말인지 잘 모르겠으나, 스님은 밤마다 찾아오겠다고 했으니 틀림없이 올 건데, 젊은 아낙으로서는 벌써부터 무섭다는 생각이 드는지, 절간 방안을 두리번거린다. 물론 낮에 봤던 스님이실 것이라 기절할 정도로 무섭지는 않겠지만, 혼자 있는 방으로 들어와서 나무아미타불관세음보살 주문만 외우고 가겠는가. '배고픈 사자처럼 덤벼들지?'까지는 모르겠지만, 만약에 사자처럼 덤벼들기라도 하면, 아무리 존경스런 스님일지라도 여자들로서는 경계해야 할 외간남자인데 말이다.

외간남자일지라도 시부모님 말씀으로 이렇게 절간에 오기는 튼실한 아들 하나를 점지해 달라고 부처님께 빌러 왔다면, 결과를 봐야 하지 않겠는가. 그렇지만 스님이 한밤중에 오겠다는 말을 들으면, 부처님과는 상관없이 스님이 덮칠 거라는 생각이 멍청이가 아닌 이상 어찌 들지 않겠는가. 들고도 남겠지….

부인에게 내 씨를 심으러 갈 테니 그리 알라고 구체적으로는 말은 못 하고, 에둘러 말해놓고 나간 스님이 밤이 되니 방으로 들어온다. 먼저 나무아미타불관세음보살 합장하더니 옷을 벗기겠다고 했을 것은 짐작뿐이지만, 백일기도가 무엇인지 그때서야 '아!' 하지 않았을까.

백일기도를 드리면 애기가 들어설지도 모르니 절간에 가보라고 시어머님이 그래서 절간에 간 며느리. 예상치도 못한 스님이 매일 밤 덮쳤다면, 아낙으로서는 그래도 어느 정도 인정한다 해도, 날마다 무슨 힘이 남아돌아서 너무 지나치게 했을까. 스님이지만 어디까지나 남자로서 성적 만족을 채우기 위해서만이 아니라, 씨가 틀림없이 심어지게 하려면 단 하룻밤도 쉬어서는 안 된다는 사명감도 갖지 않았을까.

오늘날이라고 해서 아니겠는가마는, 외간남자와 어쩌고저쩌고 했다는 소문만 나도, 쫓겨나는 게 아니라 그 자리에서 장례식을 치를 정도로 엄했던 시절의 백일기도…. 부처님이 아니라 스님의 씨를 받게 된다는 것을 알아차린 아낙도 '그러면 그렇지.' 하고 최선을 바랐을 테고, 남편에게 먹인 보약도 먹였을 것 아닌가. 그렇게 보면 매일 밤 혼자 감당하기란 불가능해 교대로 심지 않았을까? 남자들 몸에는 최고라는 사(巳)탕도 바치지 않았을까. 딸만 낳는 가정에서는 그런 정도의 보약은 공개적으로 먹였음을 보면 말이다.

아무튼 씨를 받고자 백일 동안 고생했는데, 빈손으로 가면 그날로 목매 자살하지 않고는 살아갈 수 없다는 생각에, 씨를 심느라 애쓰는 스님보다 아낙이 더 적극성을 띠지 않았을까. 씨를 받느냐 못 받느냐는 죽느냐 사느냐였기에…. 스님이 덮치는 것을 단 하루 밤이라도 걸러서는 헛고생일 것 같아, 방문은 물론 몸 문도 활짝 열어놓고 기다리고 있었을 것이라는 데 짐작이 필요할까.

남자를 품어보고 싶은 맘이 간절하고 간절하지 않고가 없다. 오로지 씨만 심어주면 다인 상황에서, 외간남자면 어떻고 스님이면 어떤가. 한스러운 일이기도 하지만 어떻게 해서든 당시는 자식은 두어야만 했다.

애를 못 낳는다고 시부모와 남편의 구박만 있는 게 아니다. 백일기도 얘기가 없던 1950년대에도 바가지를 아이 밴 것처럼 넣고 다니지 않았는가. 진단 결과 다시는 애를 가질 수 없다는 말에 충격을 받아 얼마 못 살고 죽은 일도 이웃동네에 있었는데, 시부모와 남편이 못 살게 해서가 결코 아니었다.

아무튼 스님들은 야밤중에 웬 찰시루떡이야 그러지 않았을까. 아니, 씨를 받고자 절간을 찾는 아낙들이 넘쳐났다면, 한정된 스님으로는 다 감당하기 매우 어렵지 않았을까 싶기도 한데, 그때는 어떻게 다 감당했을까?

그렇게 해서 며느리가 임신을 했고, 튼실한 아들이 태어나 너무나 좋은 나머지 돌떡도 넉넉하게 해서 집집마다 자랑삼아 돌리기도 했지만, 귀도 눈도 코도 입도 아무리 봐도 제 아비를 닮은 데 라고는 어느 한 곳도 없어, 부처님이 점지해주시는 줄로만 알고 보낸 시부모는 없었으리라 싶다. 하지만 그런 줄 몰랐다면 그때서야 알아차리고 맘이 편치 않지 않았을까. 그래서 나온 말이 '발가락이 닮았다'가 아닐까 (김동인의 소설 『발가락이 닮았다』에서는 전혀 다른 말로 표현했지만…).

스님의 씨임을 남편만 모를 뿐 시아버지, 시어머니가 어찌 모르겠는가. 그렇게 해서라도 자식이 있어야 사람대접을 받고, 죽은 후에 제사상이라도 받지 않겠는가. 그런 생각 때문에 정성껏 키워 후손으로 삼았을 것이다. 문제는 아들이어야 하겠지만, 얼마든지 딸일 수도 있는데, 그럴 경우 어땠을까? 무슨 소리야? 아들이어야지. 그런 생각으로 며느리를 절간으로 다시 보냈을까? 그럴 수는 없었겠지만, 여자들에게는 한(恨)이라는 굴레가 아닌가. 사람이 죽기는 했어도 아주 죽은 게 아니라서 제사를 지내야 한다는 절대적 신념 때문에, 비록 내 씨는 아니지만 모든 것을 감추고 내 자식으로 키웠을 것이다.

스님들마다 머리가 좋고 글공부도 많이 했다지 않은가. 그렇게 따지고 보면 스님들은 미안하지만 종인(種人) 감으로도 출중하지 않았을까? 오늘날의 인물들 중 장성도, 국회의원도, 장관도, 도지사도. 청와대 비서진도, 대통령도 그렇게 해서 이어진 후손들은 혹 아닐까.

보통사람으로 평범하게 살기를 포기하고 깊은 산속, 특별 세계에서 수행만 해야 할 스님들로서, 백일기도라는 종교적 명분을 내세워 남의 아내를 허락도 없이 덮친 것은 아무리 좋게 해석해도 사회로부터 지탄 받을 짓이다. 그렇기는 하나, 애를 갖고 싶은 아낙으로서는 갖지 못할 뻔했던 자식을 스님이 심어주어 많이도 고마워했을 것이다. 그렇게 해서라도 애를 두었기에망정이지, 그러지도 못했다면 어떻게 되었겠는가.

오늘날에야 의학 수준이 높아 누구의 결함 때문에 애를 갖지 못하는지 금방 알게 될 뿐만 아니라 내쫓기는 일도 없지만, 전날에야 어디 그랬는가. 스님이 심어준 자식 때문에 알게 되었지만, 내 결함도 아닌 남편 결함인데도 자식을 못 낳는 여자라는 이유로 시댁에서 내쫓긴다면 얼마나 억울했겠는가.

말할 수 없는
속삭임

결혼한 지 3년이나 됐는데도 애기가 생기지 않은 20대 여성의 지혜와 용기의 한 장면. 세월 탓이겠지만 영정으로 저렇게 계시는 올해 나이 여든둘이 된 양기분의 남편. 백세 시대라고 해도 팔십을 넘게 살았다면, 살 만큼 살다 간 남편의 영정 앞에서 아무도 없이 혼자 상주 노릇하는 사위. 그래, 미안하네. 아들이 있었으면 자네가 상주 노릇을 안 해도 될 텐데….

　다 지난 오랜 일이지만, 자네 아내를 두기까지 이 장모는 누구에게도 말하기 어려운 사연이 있어. 그런 사연을 지금까지 아무에게도 말 못 하고 가슴에만 품고 살아왔지. 그려, 죽을 만큼의 어마어마한 사연이 아니면 사위 자네에게는 말해도 될 텐데 말일세. 아내 흉은 장모에게 하고, 딸 흉은 사위에게 하게 된다는 말도 있는데 말일세. 그렇게 보면 사위는 장모 편이고, 장모는 사위 편이 아닐까도 싶기는 하지만, 그렇게 되네.

　그렇지만 그런 사연을 지금까지 가슴에만 품고 살아가기는 너무

너무 힘들어. 사위 자네에게만 살짝 말해버릴까 하는 생각도 했었어. 안 한 건 아니야. 팔십이 다 되어가는 나이에 감출 것이 무엇이 있겠는가. 그래서….

그렇지만 말을 해서 모두에게 피해를 줄 것 같으면 무덤까지 가지고 가야지 어떻게 하겠는가. 이 장모가 말 못 하고 있는 사연은 자네 아내에게 피해가 될까 해서 그래. 내 딸이 자네 아내이기는 하지만, 먼저는 내 딸인 거야.

오, 그렇구나. 우리 아내는 장모님이 그렇게 해서 있게 된 내 아내구나. 정도로 그만일 사연을 왜 말 못 하는 걸까? 이런 문제에 부딪치면 나도 답답하다네. 용기면 다 될 사연을 가지고.

이 사연을 언젠가는 자네에게만은 말해줄 기회가 있을지 몰라. 자네는 대학에서 강의하는 교수이지만, 교수가 아니라도 일반인들도 다 아는 일로, 다른 것은 다 틀려도 지금의 자식들만 내 씨가 확실하면 다 되는 것 아냐? 다 틀려도 되는 것이, 자네 마누라는 친아버지가 아니지만 말이야. 칠십팔 세가 되신 양기분 할머니의 지난날을 회상하는 기억.

스물한 살 나이면 애가 들어서기 최적의 가임기가 아닌가. 그때 결혼한 지 3년이 다 되는데도 애기가 생기질 않아 애만 타는 양기분은 궁리궁리 끝에 전방에서 근무하는 장병들의 터미널이라고 해도 될 용산역을 생각한다. 용산역에서 휴가병을 만나 당신의 씨 내게다 좀 심어주면 안 될까요, 하고 부탁이라도 한번 해볼까 해서다. 거리에는 발에 걸리는 것이 씨 감들인데, 그들을 붙잡고 씨를 좀 심어주면 안 될까요, 미친 척하고 말할 수는 없을까 생각도 했지. 애기를 가져야 한다는 생각은 하늘을 찔러. 자네 장인은 몰랐겠지만, 나는 누구로부터 들은 얘기가 있어서 직감으로 알았어. 씨가 없는 남편이라는 것을.

그렇다고 해서 사실을 자네 장인에게 말할 수도 없고, 이 남자에게서는 내 자식을 얻을 수 없겠다는 불안감이 나를 애도 못 낳는 쓸모없는 여자가 되게 한 거야. 물론 내 생각이었지만, 그때부터는 잠도 잘 안 오고 자네 장인이 싫어지기 시작했어. 그래서 그동안 좋기만 했던 합방조차도 그냥 몸만 주게 되고.

결혼을 했으면 애기를 낳아주는 것은 당연하지만, 내 결함 때문이 아닌데도 어떻게 해야겠어? 방법을 아무리 찾아봐도 남의 씨를 심는 수밖에 더 있겠어. 그래서 지나가는 씨 감을 붙들고 사정얘기를 하면 어떨까 하는 말도 안 되는 생각도 다 해봤어.

그럴 수는 도저히 없겠지만, 만약 지나가는 씨 감을 붙들고 그렇게 묻는다면, '간밤에 꿈자리가 사납더니 이런 엑스 같은 년을 보려고 그랬나?' 하고 구두 발길질을 당할 것은 짐작이 필요 없겠지만 말이야. 남편에게 있어야할 씨가 없는데 혼자서 어떻게 할 수는 도저히 없는 일.

생각이 온통 애기가 생기는 문제에만 사로잡혀 있어서인지, 다른 어떤 일도 손에 안 잡혀 용산역에 한번 가보자 했지. 용산역에는 총각 딱지도 그대로인 씨 감들이 많을 것 아닌가. 그래, 이대로 얌전하게만 있다가는 내 인생도 남편 인생도 잘못되고 말 테니, 생각난 김에 씨 감들이 많을 용산역에 나가보자. 가보기는 하겠으나 생각대로 씨 감을 구하게 될지가 의문이다. 시장에 널려 있는 물건도 아닌 사람이라서…. 그렇지만 일단 답사라도 한번 해보자. 아니면 그만둘지라도…. 도둑놈처럼 붙잡혀 갈 일도 아닌데, 손해될 것이 무엇이겠는가.

지금까지 늘 그래왔듯, 학교에 간 남편이 돌아올 때까지 혼자 집만 지키고 있기가 너무도 답답한 양기분은 용산역으로 간다. 그러기를 4일째, 귀대병인지, 휴가병인지부터 알아두기 위해서다. 낚시질 방법까지도 어떻게 해야 할지를 두고….

우선 답사하러 가서 장병들이 오가는 길에 서 있는데, 수많은 씨 감들이 내 옷만 그냥 스치고 지나가지 않는가. 그려, 지금의 내 맘을 말하지 않는 이상 어떻게 알겠는가마는, '웬 젊은 여자가 이렇게만 서 있을까?' 하고 쳐다보기라도 하면 좋으련만, 야속하게 그냥 지나간다. 은근히 미워진다. 왜 그렇게 서 있기만 하느냐고 물을 법도 한데 말이다. 그렇지만 씨 감으로 괜찮게 보이는 장병을 가로막고 내 말 좀 듣고 가라고 쉽게 말할 수는 없지 않은가. 길 물어보는 일도 아니고….

내 남편과 비슷한 씨인지 바라보는 양기분의 눈빛, 씨가 간절하다고 해서 아무 씨나 심으면 내 인생도 남편(최상철) 인생도 우습게 되지 않겠는가. 양기분으로서는 각오한 일이지만, 정말 어렵고도 어려운 문제다.

남편은 학생들을 지도하느라 기막힌 아내의 지금 상황을 모르고 있겠지. 맘대로 할 수가 없어서 그렇지, 거리에 나가보면 내 남편과 엇비슷한 남자들이 널려 있는데, 그런 남자들에게 다가가 씨를 부탁하고, 그래서 서로의 의사가 통해 씨를 심을 수도 있겠지. 하지만 그렇게보다는 휴가병을 찾으면 어떨까 해서 용산역으로 달려왔는데, 사람으로서는 못 할 짓이다.

'아줌마가 진정 그러시다면 내 씨를 심어드려도 될까요?' 그런 자비스런 놈은 이 세상에는 한 놈도 정말 없다는 말인가. 어렵다 어려워 정말….

창조주는 이런 사정까지 감안해서 창조하셨으면 좋으련만, 어느 가정에는 아들들만, 어떤 가정에는 딸들만 두게 하시고, 내 남편처럼(최상철) 씨조차 없게 창조하셨을까. 창조주가 옆에 계시다면 항의하고 싶은 것이 양기분의 지금 심정이다.

인간을 창조하실 때 똑같게 창조한다고는 했지만, 창조 설계 착오 때문에 어쩔 수 없이 틀렸으니 결혼도 그리들 알고 하라고 하셨는지 몰라도, 결혼 대상자가 씨가 있는 사내인지, 씨가 있다 해도 튼실한 씨를 가진 사내인지까지 검사해서 결혼할 수도 없고…; 이게 뭐야…. 옛날에는 나 같은 처지에 내몰린 여성들은 절간에 가서 씨를 받아오기도 했다는데.

"군인 아저씨, 잠깐만요, 안녕하세요? 휴가를 오시는가 봐요?"

양기분은 오늘을 만들기 위해 그동안 얼마나 연구를 했던가.

"예, 그런데요?"

"다름이 아니라 군인 아저씨한테 부탁을 좀 드려도 될까 해서요?"

"부탁하실 게 뭔데요?

"제가 갑자기 팔이 아파서 그러는데, 저걸 좀 택시 타는 데까지만 들어다 주시면 해서요."

"아 예, 그럽시다. 무엇인지 몰라도 아주머니가 들고 가시기에는 좀 무거울 것 같습니다."

군인 아저씨는 의도한 사과 보따리를 흔쾌히 택시 타는 곳까지 들어다 준다. 이 군인 아저씨는 그동안 생각했던 씨 감은 부족한 것 같으나, 남편과는 엇비슷하게 생긴 모양새 같다. 씨가 심어질 경우 이만하면 남의 씨이지만 아들을 낳더라도 유전자 감식을 하지 않는 이상 알 수가 없겠다 싶어, 양기분은 군인 아저씨를 식당으로 유인한다.

"군인 아저씨 명찰을 보니 송 상병님이시네요. 그러시면 첫 휴가는 아니시겠네요?"

주문한 소고기 국밥이다. 송 상병으로서는 숟갈을 들기 전부터 군침이 돈다. 점심시간이 넘어 배가 고픈 데다 쇠고기 국밥은 처음이 아닌가. 시골 밥만 먹어오다 군대를 갔고, 군대 밥이지만 배고프게 그동안 먹었지 않은가. 묻는 말보다는 소고기 국밥에 신경이 쓰이는 송 상병, 그것을 양기분이 어찌 모르겠는가. 이런 어마어마한 일까지 계획한 고등학교를 졸업한 여자인데…

"두 번째 휴가입니다."

"맛있는 것은 못 사드리고, 고작 소고기 국밥이라 괜찮으실지 모르겠네요."

"고맙습니다. 맛있게 먹겠습니다."

이 여자가 이렇게까지 하는 것은 왜일까? 그런 생각도 안 드는 것은 아니나, 배고픈 사람에게는 별로 심각하지도 않은지 숟가락을 들까말까 하고 있는데, 양기분은 숟가락을 쥐어주며 말한다.

"점심시간도 지났는데 시장하시겠습니다. 어서 드세요."

"예, 먹을게요."

"듣기로 군량미도 미국으로부터 원조를 받아 먹을 수밖에 없는 우리나라 형편으로는 창피하기는 하지만, 다른 것은 몰라도 군인들이 배고프지는 않아야 할 텐데, 송 상병님 부대는 어떤가요?"

"원조가 부족해서 그렇기도 하겠지만, 영외 거주 중 상사들이 슬쩍슬쩍 가져가는 바람에…"

"그러면 부대장에게 말하면 시정될 텐데, 왜 말들을 않지요?"

"말해도 소용없어요."

"왜 그래요?"

양기분은 휴가병 송 상병의 맘을 사기 위해 얼굴을 가까이 하기까지 갖은 방법을 다 동원한다.

"누가 말했는지 들통이라도 나는 날엔, 말한 병사뿐만 아니라 연대 기압이에요."

"아이고 그렇게까지…, 너무 심하네요. 근무는 어디서…?"

"경기도 파주에서 근무합니다."

"파주라면 북한이 가까이 보이는 곳이기도 한데, 두렵기도 하시겠습니다."

"부대에 처음 배치됐을 때는 북한 방송이 왕왕거려 죽을 수도 있겠다는 두려움도 있었지만, 몇 주간 지나니 그러려니 해집니다."

"우리 남동생도 고등학교 3학년이라 곧 군대를 가게 될 텐데…"

"저도 처음에는 어렵고 그랬는데, 고참이 되고 보니 제대 날짜가 점점 빨리 다가옵니다."

"그러세요? 아무튼 미안해요, 바로 부모님 뵈러 가셔야 될 건데 휴가 길을 막고 있는 것 같아서…."

"아니에요, 괜찮아요."

양기분이 의도한 본론을 말하기는 아직 이른가 보다. 이렇게 만나면 다음은 어떻게 해야겠다는 생각까지는 못했을 것이다. 송 상병의 눈치를 살피더니 양기분은 묻는다.

"그러면 송 상병님도 여동생이 있으신가요?"

"여동생은 없고 누나는 있어요."

"누나는 결혼을 했겠네요?"

"예, 결혼했어요, 4년 전에…."

"그러면 애기도 낳았어요?"

"예, 낳았어요, 딸을…. 다다음달이 또 출산 달이라고 하데요."

"누나는 몇 살에 결혼했어요?"

"올해로 스물네 살 이니까. 스무 살에 결혼했네요."

"오, 그러세요."

송 상병 누나는 나와 동갑이고 결혼도 같은 해에 했는데, 결혼하자마자 애가 들어섰는가보다. 그런데 나는 이게 뭐야…. 창조주도 공평하지 못하시다니…. 누구는 씨도 밭도 좋아 애를 척척 낳고 그러는데…. 아무튼 오늘이 내 인생을 갈라놓는 귀한 시간이다.

남편이 무정자증 환자라는 것을 양기분은 느낌으로 알아냈지만, 남편 자신은 그걸 모르는 것 같다. 그렇다고 해서 당신은 무정자증 환자라고 말할 수도 없지 않은가. 최선을 다해 애기를 가져야 한다. 애기를 갖겠다고 이 짓까지 하자니 남편에게 미안하다.

"그러세요, 축하해드려야 할 일이네요."

"시댁 어른들은 이번에 아들을 바란다는데, 그렇게 될지는 모르겠습니다."

"바라는 대로 아들이면 좋겠지만 딸도 좋은데…."

이 말을 하면서 스카프는 이미 풀었지만, 블라우스 단추도 예쁜 가슴이 보일 듯 말 듯 하게 풀어 젖힌다. 얘기가 이만큼 진전되었다면, 예쁘게 보여줄 필요가 있겠다 싶다.

"송 상병님은 애인 있어요?"

"아직 없어요."

"이렇게 좋으신 송 상병님인데 애인이 없다니요?"

"…."

"그래요, 제대하면 맘에 드는 아가씨가 나타나겠지요."

사정을 말하면서까지 도와달라고 할 거면 꽃을 팔아 먹고사는 아가씨 행세를 해서는 안 되겠다 싶어, 가정주부로만 보이게 할 필요가 있겠다는 생각이 들었다. 그래서 차림새도 그렇게 했는데. 휴가병은 의도한 대로 먹혀든다.

처녀 같은 여자가 눈앞에서 젖가슴이 보일 듯 말 듯 하는데 침이 흐르지 않을 남자 있으면 한번 나와보라고 해, 내 꾀는 그냥 만들어진 게 아니야. 고등학생 때 공부는 꼴찌에서 상위권이기는 했지만, 사람 다룰 줄 아는 데는 일등감일지도 모르니….

젊은 여자 젖가슴은 남자들 정신을 혼미하게 하는 충분조건 중 최고라지 않은가. 얼굴에 쓰여 있는 이십대 중반 여자, 씨를 심을 능력의 남자라면 젊고 늙고가 없을 것이나, 이런 여자를 맛보기는 가당치도 않다면 침이라도 한번 삼켜보는 게지. 촌닭이라고 해서 그것을 어찌 모르겠는가. 배우지는 않았어도 자연법칙에 의해 알고도 남 겠지….

고등학교는 국·영·수만 달달 외우는 그런 곳이 아니지 않은가. 지 혜를 갖게도 하는 곳이기도 해서, 그런 지혜를 십분 발휘한 것이 먹 혀들었는지, 군인 아저씨는 웬만한 부탁은 다 들어줄 것 같은 표정 이다. 휴가병들은 바쁠 것이 하나도 없을 것 아닌가. 집에 가서 '아 버지 어머니 저 휴가 왔어요.' 하고 인사하면 다 되지 않겠는가. 그 래서 맘을 사로잡을 만한 분위가 성숙되었는지를 꼼꼼히 살펴본다.

"송 상병님은 이 내용을 보시고 놀라실지 모르겠지만, 한 번 보실 래요?"

'읽어보시는 대로 저는 이런 입장에 있는 여자예요, 제 소원을 한 번 들어주시면 그 은혜 결코 잊지 않을게요. 이런 문제를 가지고 얼 마나 고민했는지 몰라요. 휴가병이면 되겠다 싶어 용산역에 여러 차 례 와보기도 했어요. 자식 문제에 대해 남편에게 말할 수도 없고, 말 한다 해도 해결될 일도 아니고…. 고민, 고민 끝에 죽자는 심정으로 이렇게까지 하는 거예요. 무슨 말인지 아시겠지요?'

건네받은 쪽지를 본 송 상병은 뜬금없는 내용인지 몸이 움칠한다.

"그렇지만 집으로 가자고 하는 건 아닐 것 같아요. 저기 가양여관 으로 같이 가주시면 어떨까요?"

양기분은 오늘을 위해 여관까지 미리 알아두었다. 하지만 송 상병 으로서는 씨를 심기에는 알맞게 성숙된 사나이이기는 하나, 총각 딱 지도 안 뗀 숫총각이 아닌가. 아줌마야, 애기를 갖기 위함일지라도 나더러 어쩌라고…. 총각 딱지를 뗀 상태라면 '얼쑤!' 할 수도 있겠지만, 어떻게 생긴 것이 여자 몸뚱이인지도 모르는 숙맥인데 말이다.

그래도 생각지도 않게 맛있는 점심도 사주어 얻어먹었겠다, 바쁠 것도 없겠다, 송 상병은 처녀 같은 아줌마를 따라 나설 수밖에 없지 않겠는가. 아니, 이렇게 따라 나서는 것도 남자로서 지극히 자연이지 않겠는가. 좋아하기는 아직 이르지만, 발걸음이 가벼운 것만은 사실인 것을 어쩌랴. 남자의 성은 말만으로도 반응을 일으키게 창조되었을까. 느낌이 이상하다. 스물두 살 나이면 여자를 만나는 데 그만 익어도 될 몸뚱이다.

여관 주인은 두 사람을 알고 기다리고 있었다는 듯 맨 끝 방으로 안내한다. 대낮이라 손님이 있다 해도 몇이나 되겠는가마는, 아무도 없는지 조용하다.

"어떻게 해서든 애를 갖자 하는 생각만으로 송 상병님을 너무 힘들게 했는지 모르겠네요. 수고 많았어요. 송 상병님이 싫다 했으면 그만일 텐데, 저를 이렇게까지 따라와 힘써주시고 정말 고마워요."

"…"

"그런데 휴가는 언제까지예요?"

"두 주간이에요."

"집에 가게 되면 바쁜 일이라도 있으실까요?"

"농촌이지만 농한기라 바쁠 것도 없을 것 같습니다."

"바쁘지만 않다면, 제가 만나자고 하면 또 만나주시겠어요?"

"…"

송 상병은 묵묵부답이다. 묵묵부답이 대답이다.

"또 만나주시겠다고 대답하신 것으로 저는 알겠습니다."

"…"

"이번으로 끝이 아니라, 휴가 기간 동안 매일 안 될까 해서요. 사례는 서운치 않게 해드릴게요."

"…?"

"참, 집은 어디신가요?"

"오산이에요."

"그러세요? 오산역쯤이세요?"

"역 근방은 아니고, 버스를 타야 하는 시골이에요."

"그러시면 집에서 이곳까지 오려면 얼마나 걸릴까요?"

"차 시간만 두 시간 정도 걸릴 것 같네요."

"아, 그러세요. 그러시면 가고오고 차비는 제가 드릴게요."

양기분은 씨를 받기 위해 연구를 얼마나 했는가. 차비도 미리 준비된 봉투로 건넨다.

"아니, 이건 뭐예요?"

"얼마 되지 않아요. 송 상병님이 얼마나 고마운지, 그냥 말수가 없어서 드리는 것이니 받아주세요. 이걸 가지고 말씀드리기는 죄송하지만, 저를 도와주는 셈치고 매일 와주시면 좋겠는데…?"

양기분은 송 상병의 표정에다 약속하자는 씨를 심는다.

"…"

생판 모르는 젊으나 젊은 처녀 같은 아줌마가 생각지도 않게 여자가 무엇인지를 자기 몸으로 보여준 것이 아닌가. 남자로서 더 이상 없는 최상의 대접을…. 그것도 모자라 플러스 알파까지라니, 이런 어마어마한 세상도 다 있다니? 내가 오산에서만 살아온 촌닭인 것만은 틀림없구나, 허허…

"송 상병님, 이번으로 씨가 심어지면 좋겠지만, 그렇게 믿기는 어려울 것 같아 그러니, 힘들고 고생스러워도 몇 번 더 부탁드려요. 송 상병님만 괜찮다면, 귀대할 때까지 이 여관을 아예 전세 얻어도 되겠는데…?"

"…"

"그래요, 그렇게까지는 필요 없을 것 같으니, 집에 가셨다가 내일도 좋지만, 하루쯤은 부모님과 같이 계시고, 모레 점심 먹었던 식당에서 만나면 어떨까요?"

"…"

"내 욕심 같아서는 부모님께 인사만 드리고 내일도 좋겠지만, 그렇게는 어려우실 테고…"

"…"

"그리고, 송 상병님이 들어다 주신 이것은 사과인데, 제가 필요해서 산 게 아니에요. 송 상병님 드리려고 산 거예요. 그리 알고 가지고 가세요."

"아니에요."

"월급 받는 직업군인은 아니지만, 자식으로서 부모님 뵈러 가는데 빈손으로는 아닐 것 같다는 생각이라 드리는 것입니다."

"…"

'와, 이 아줌마는 정말 대단하다. 애기 씨만을 위한 부탁인 것 같아 힘 한번 써주었을 뿐인데, 삶의 질까지 말하다니… 나이는 우리 누나와 같거나 더 젊은 것 같은데 말이다. 학교는 어디까지 나왔을까? 이런 예절을 학교에서는 안 배웠을 텐데…, 존경스럽기까지 하다. 젊은 여자 몸뚱이들은 다 그럴 테지만, 탄력 넘치는 몸뚱이를 통째로 주어 얼마나 황홀했는가. 탁지를 따지 않은 처지끼리였으면 더 좋았겠지만, 오늘 이 같은 일은 꿈에도 생각지 못한 일 아닌가. 아줌마도 애기만 갖자는 것은 아니었을 것이다. 애기 씨가 심어지는 순간만은 물론 건네준 쪽지대로 애기를 가질 수 없는 무정자 남편 때문에 나를 택했을지라도….'

송 상병은 이렇게 생각한다.

"과일뿐이지만 이거라도 들고 가시면 송 상병님 맘이 편치 않겠어요?"

"고맙습니다."

"시간은 모레 점심시간 맞춰 제가 이리로 올게요."

"…."

생식기 멀쩡한 남자치고 열 여자가 싫겠는가. 그렇게 보면 또 만나자고 할 필요도 없지만, 손해는 아닐 테니 양기분은 최선을 다하자는 것이다. 그랬는데 하나만 아니라 길을 텄으니, 맘만 먹으면 둘 셋도 가능하겠지. 하지만 그렇게는 현실적으로 곤란하지 않은가. 아무튼 그렇게 해서 얻어진 딸이 아빠의 사랑을 듬뿍 받으며 자라 M대학 영양학과를 나와 N대학 교수 남편을 만났고, 3남매를 쑥 뽑아 멋지게도 살아간다.

사실을 남편에게 말할 수 없어 혼자만 알고 있던 오랜 일이지만, 그렇게 해서 배가 불러올 때 남편은 너무너무 좋아서 "너희들만 아빠 대접 아냐. 나도 곧 아빠가 되는 거야. 날짜만 남았을 뿐이야. 너희들 아이 돌잔치 땐 축하해주었으니, 이제는 내가 받을 차례야. 알았지, 이 녀석들아?" 그렇게 남편은 얼마나 좋아했는지 모른다. 어찌 그러지 않았겠는가. 자기보다 늦게 결혼한 친구들도 자식 돌잔치를 했는데….

그런 생각 때문에 그동안은 친구들 앞에서 위축되기도 했을 것이다. 아이를 낳았을 때는 감격해서 울기도 했고, 딸 사랑은 누구도 못 말렸다. 그렇지만 '당신 딸은 아니야'라고 솔직하게 말할 수 없어 속앓이가 얼마나 심했는지 가슴이 터질 것만 같았다. 당신과 사랑으로 낳은 딸이 아니라는 생각 때문에 남편의 고맙다는 애정 표시도 그렇게 낯 뜨거울 수 없었다. 그러지 말아야 한다면서도 그렇게 안 되는 것을 어쩔 수가 없었다.

그때 그랬던 사실을 속이라도 후련하게 말하자고 저렇게 영정으로 있지 않은가. 인정이 필요한 윤리적 사회 잣대로든, 누가 뭐래도 불륜으로 딸이 태어났고, 탈 없이 커주었고, 성장해주었고, 이제는 장가를 가야 될 손주도 본 할머니가 되었다. 씨를 심어준 그때의 그 군인 아저씨도 세월 때문에 노인 길에 섰을 테지. 건강은 괜찮은지 몰라도, 전날 휴가 때 새파란 젊은 아줌마가 씨를 부탁하기에, 철철 넘치는 씨를 못 심어주겠느냐고, 흔쾌히 잘 심어준다고 심어주기는 했지만, 틀림없이 심어져 낳았다면 아들일까 딸일까? 그 아줌마도 지금쯤은 한참 할머니가 되셨을 텐데, 남편은 친자식으로만 알고 좋아했겠지? 친자식이 아니라고 말하지 않은 이상 말이다. 이렇게 생각하며 지내지 않았을까.

그렇게 해서 54년이나 흐른 지금, 바라던 아들이 아닌 딸이기는 해도 그렇게 해서 자식을 두었기에 망정이지, 한 남편의 아내로만 살았으면 어쩔 뻔했을까. 부부라는 윤리적 잣대로는 불륜이겠지만, 불륜은 쾌락을 전제로 한다고 볼 때, 잘잘못을 가리는 법정 다툼에서 도저히 움직일 수 없는 한 남편의 아내로만 볼 것인가는 생각해 볼 일이다. 성적 쾌락이 아닌 종족번식이라면, 한 인간의 절대적 후손은 부부여야만 된다는 것은 창조의미를 훼손하는 것과 다름없다.

아들 셋 딸 둘을 둔 건너 마을 정씨 가정을 보면서, 나도 결혼해서 그렇게 낳아야겠다고 다짐했지만, 이럴 줄 누군들 짐작이라도 했으리요. 현대에서도 이런 일에 돌을 던질 자가 있겠는가.

'장모님, 그런 문제가 장모님의 맘을 옥죄고 있다면 걱정하실 것 하나도 없어요. 제가 다 풀어드릴게요. 제 아내가 장인어르신 피붙이만 아닐 뿐, 장모님의 피붙이가 사실이면 그만인 것입니다. 조상으로부터 이어져온 후손이라야 한다는 것은 '생육하고 번성하라'는 창조 질서와는 상관없어요. 일부러 말할 필요는 없겠으나, 누가 묻기라도 하면 말할 거예요. 그렇게 해서라도 후손을 두셨으니 망정이지, 한 남편의 아내로만 사셨다면 주어진 인생을 살붙이도 없이 쓸쓸하게 살 수밖에 더 있겠느냐고 말입니다.' 사위가 장모의 속맘을 알아차리고 이렇게 말해줄 수는 도저히 없을까. 남편 영정 앞에서 상주 노릇만 할 게 아니라….

이런 문제와 관련해 전날의 주모(酒母)는 어떤 처지들이었는지 젊은이들은 잘 모를 것이다. 알 수도 없는 무정자증 남편을 만나 자식을 둘 수가 없었다. 그런데도 자식을 갖지 못한 죄는 씨가 없는 남편이 아니라, 아내가 다 뒤집어썼다. 그것이 당시의 주모로 보면 될 것이다.

주막은 동네와는 좀 떨어진 길가에 있었는데, 농한기 때는 사내들마다 찾아가 주모 앞에서 알랑방귀도 얼마나 심하게 뀌었는지, 지금의 세대들은 상상이나 되겠는가. 알랑방귀도 아무나 뀔 수 있는 것이 아니다. 쇠푼(돈, 전라도 방언)깨나 있어야 가능했다. 나머지는 막걸리로 연정의 맘을 달랠 뿐 더는 어쩌지 못하고, 주막에서 느낀 연정의 감정을 마누라에게 풀고 싶어도, 대여섯 된 자식들과 같이 한 방에서 생활해야 하기에 애들이 보는 앞에서 마누라와 어쩌고저쩌고할 수 없었다. 그래서 자식들이 잠든 틈을 타 연정을 풀기도 했는데, 그 이상은 상상에 맡기겠다. 누구의 말이다. 마누라 품는 것을 자식이 눈뜨고 보고 있더라는 것이다. 얼마나 난감했을까. 그렇게 보면 전날에는 드문 일이 아니었을 텐데, 주모 시절의 남성들은 얼마나 힘들었을까.

그때 그 시절, 호랑이 담배 피우던 시절, 남성들이시여, 위로해드립니다. 자신의 잘못 때문도 아닌 주모들은 그 때문에 노년에는 안 죽어 살았다고 봐야겠는데, 그래도 주모일 때는 뭇 사내들이 찾아와 하룻밤 풋사랑이라도 해주었다. 하지만 항상 젊을 수는 없어, 늙어지면 그마저도 없어지지 않았겠는가. 그런데다 살붙이가 없다는 외로움이 무더기로 몰려올 것은 분명한데, 얼마나 외로웠을까. 짐작이 필요 없을 것 같다.

그래서 말이지만, 아낙으로서는 남편의 씨여야 하겠지만, 그럴 수가 도저히 없어 스님이 대신 씨를 심어주었다면, 휴가병이 씨를 심어주었다면, 나락으로 떨어질 수밖에 없는 처지를 구해준 셈이니,

결과적으로 자비심이 아닌가. 혼인한 남편과의 자식만 아닐 뿐, 씨는 내 씨고 내 자식이기 때문이다. 씨를 심어준 휴가병에게는 안 되겠지만, 스님에게는 고맙다는 떡을 시루째 매달 드려도 괜찮지 않을까. 남자건 여자건 내 자식은 얼마나 중요한가. 그랬던 백일기도가 오늘날이야 개그 같은 일이지만, 당시로서는 씨를 심어준 스님이 얼마나 고마웠겠는가.

방송에서 '누이 좋고 매부 좋고'라는 말은 빼도 박도 못 하게 함부로 할 수 없는 성적인 말임을 알고 했으면 하지만 말이다.

어쨌거나 당시 아낙들로서는 씨를 받아서 좋고, 스님들로서는 성 해우소를 들락거려서 좋고, 그랬으리라 짐작한다. 이런 짐작이 결코 엉터리가 아님을 여러 곳에서 찾아볼 수 있다.

그 짓이 오늘날의 잣대로 본다면 불륜이겠지만, 그런 불륜은 적극 권장할 만하지 않은가. 본인만 알고 쉬쉬하겠지만, 세 아들들은 늘씬하게 잘생겨, 동네 분들은 건너 마을 구상철 아저씨가 심어준 씨임을 인정해버렸다. 생김새가 거짓말을 할 수 없을 만큼 빼다 박았기 때문이다. 남편은 땅딸보같이 왜소하기도 해서 그랬는지, 남편을 남편답게 여기지 않음이 눈에 보이게 해서 동네 사람들은 믿게 봤다. 하지만 삼형제 모두가 잘도 생겼고, 직장도 좋아 엄마는 엄청 행복해 한단다.

남편이라고 어찌 모르겠는가, 한 동네 사건인데. 지금의 내 아들이 잘도 생기고, 당당하고, 효도도 잘한다면, 내 씨건 남의 씨건 누가 말하지 않는 이상, '어보, 당신 그놈과 바람피웠지?' 하고 닦달하겠는가. 고향 얘기다.

어쨌든 그때의 스님들도 칭찬할 일로 나는 본다. 오늘날의 사회에서는 불륜이라고 말할지 몰라도, 당시의 사회 통념상 사실상 인정해 준 것이다. 그렇게 해서라도 사람답게 살아가는 것이 옳지, 부부로 한번 맺어졌으면 세상 떠날 때까지 어떤 경우라도 흔들림이 있어서는 안 되는 부부간이라는 윤리만 따지다가 어렵게, 어렵게 살아갈 필요가 있겠는가. 물론 권장까지는 따져봐야겠지만….

그런 문제와 관련된 건 아니겠지만, 잠깐 내보내는 TV 자막에서 조상으로부터 죽 이어진 성씨는 8~90%가 가짜라고 한다. 인생이라는 문제에서 그것이 가짜고 진짜고가 무슨 대수겠는가마는, 불교 교리상 자식을 둔 여성들에게도 백일기도를 하라고 권했겠는가.

자식의 장래를 위해 백일기도를 해야 복을 받는다고 불심을 불어넣어주었다 해도, 어린 자식들을 집에 두고 장장 석 달 열흘 동안을 절간에 있을 수 있겠는가. 글을 못 읽어 무식하기는 해도, 바보가 아니라면 그랬을 것을 어찌 모를 수 있겠는가. '백일기도는 애가 없는 아낙들만입니다'라고 절간 벽에다 써붙일 수는 없지만 말이다. 백일기도 해석은 독자들에게 맡기겠지만, 지금도 설 명절에는 아이들에게 귀엽다는 의미의 색동옷도 백일기도와 관련지어 얘기하곤 한다. 사실까지는 아닐지 몰라도, 검색창에는 비슷하게 말하고 있음을 본다.

풀어주어야 할
족쇄

여기서 생각되는 것이 스님들, 천주교 신부들, 수녀들이다.

스님들은 수행을 절대로 해야 하기에 신경 쓰이는 가족이 있어서는 안 되고(대처승이 있기는 해도), 신부도 수녀도 오직 믿음으로 출발한 신앙만을 생각해야 하기에 거기서 한 발짝도 옮기지 않을 태세다. 하지만 따지고 보면 이것은 감히 말하지만 창조의 의미를 거스르는 일이 아닐 수 없다.

인간에게 주어진 성(性)을 거부해서도 안 되고, 거부할 필요도 없다. 성을 억제해서는 안 된다고 본다. 인간의 성을 그렇게 해석해도 되느냐고 할지 모르겠지만, 신부도, 수녀도, 스님도 사회질서를 어지럽게 하지만 않는다면, 성을 맘껏 누리라고 말하고 싶다. 고귀한 성을 종교적 신념 때문에 억제한다는 것은 어딘가 어색하지 않은가. 창조 의미를 가진 성은 종족 번식에 두고 있음을 무시해서도, 무시할 필요도 없다. 물론 성을 쾌락 쪽에 두어서는 안 되겠지만.

스님이지만 아름다운 여성을 영원히 안 볼 수는 없어, 보이기라도 하면 창조적 본능이 일어나지 않겠는가. 그런 본능을 그 무엇으로도 막을 수는 없다, 다만 행동으로 옮기는 문제는 다른 문제겠지만….

신부도 수녀도 마찬가지로 성을 지니고 있는 이상 예쁜 여자가, 멋진 남자가 보이지 않겠는가. 안 보인다고 하면 그것은 거짓이다. 거짓말이 종교 지도자의 것이어서는 안 되지 않는가. 독실한 기독 여성으로서 남편과의 성문제는 불결하다 해서 마지못해 응해주기에 남편들은 힘들다는 말도 들린다. 그것은 창조 의미를 부정하는 것과 다름 아니다. 그러므로 아직도 그런 생각에 갇혀 있다면, 당장 빠져나와야 할 것이다.

이런 문제와 관련해 그냥 지나칠 수 없는 나름의 아름다운 사연을 여기에다 한번 올려놓고 싶다. 다일공동체 '밥퍼' 목사로 유명해진 최일도 목사와 김연수 수녀가 부부로 살아가게 된 얘기다. 이 같은 부부얘기는 앞으로도 있을 것 같지 않아, 종교적으로는 물론 사회적으로도 얘깃거리가 되기에 충분하지 않은가. 수녀가 목회자의 아내가 되다니….

천주교에서는 목회자에게 마음을 빼앗긴 수녀를 개인 일탈로 보기는 했겠으나, 그동안 없던 일이라 천주교 본산인 바티칸 궁전에서도, 또한 천주교 교황도 당황스러워하지 않았을까. 절대 신앙인 수녀 직을 내던진 것도 아닌 상태에서 개신교 목회자의 아내로 살아간다면, 종교적으로 있을 수 없는 일일 것이다. 하지만 김연수 수녀에게 두 아들을 둔 것을 후회하고 있는지 한번 물어보고도 싶다.

최일도 목사와 김연수 수녀가 부부가 된 이 같은 일이 다시는 없을 것 같지만, 종교적으로는 아니라고 할지 몰라도, 최일도 목사는 결과적으로 한 인간을 살린 것은 분명하다. 목숨이 위태로운 상황에 처한 사람을 구한 것만을 살렸다고 말할 수는 없다. 인간 대접을 받게 해준 것도 살려준 것이다. 물을 필요도 없지만 최일도 목사 아내인 김연수에게 과거로 돌아갈 생각이 들 때도 있더냐고 묻는다면, 뭐라고 대답할까. 말도 안 되는 말을 왜 묻느냐고 할 것은 짐작이 필요가 있겠는가.

남편 최일도 목사가 좋아서가 아니다. 사랑하는 두 아들 때문일 것이다. 만약이지만 이 두 아들이 없었다면 어떻게 됐겠는가. 상상할 수도 없는 일로 김연수 수녀에게는 두 아들을 있게 해준 최일도 목사가 너무도 고마운 남편일 것이다.

이것이 결혼이요 자식을 두는 것이라고 김연수 수녀는 천주교 교황 앞에서도 당당하게 말할 수 있어야 할 것이다. 그러니 종교라는 이유로 인생 자격을 묶어두지 말라는 것이다. 결혼 상대가 있으면 언제든지 수녀 직을 내려놓아도 된다고 천주교 교황은 말해야 할 것이다.

김연수 수녀에게 사랑하는 자식보다 더 중요한 것이 무엇이겠는가. 천주교라는 교리? 그런 교리를 언제 누가 만들었는지는 몰라도, 신부나 수녀는 독신으로 살아야 된다는 말도 안 되는 엉터리 교리이니, 당장 취소하라고 말하고 싶다. 신부로, 수녀로 살 거면 홀로 살라는 성경말씀 단 한 구절도 없다는 것을 신부도 수녀도 어찌 모르겠는가. 가르치는 입장이라 누구보다 잘 알면서도, 종교적 교리 때문에 어쩔 수 없이 붙들고 있을 뿐이다. 그렇다면 하나님의 창조

의미를 훼손하는 일로, 창조 의미는 결혼하지 말라는 것이 아니라, 결혼해서 '생육하고 번성하라'는 것이다(창세기 1장 28절).

자신을 하나님께 바치겠노라고 서원한 천주교 수녀와 하나님께 평생을 어떻게 바칠 것인가 고민하던 열혈 개신교 신학생 간의 사랑은 시대의 금기를 파괴하는 일대 사건 중 하나였다. 천주교, 개신교 양쪽 교단은 물론 어느 누구에게도 환영받지 못할 연인의 가여운 사랑은 그렇게 시작되었다. 세상 모두가 그들에게 등 돌렸을 때, 두 사람은 목사와 수녀라는 이름표를 떼고 떨리는 심정으로 무릎을 맞대고 꿇어앉아 신께 기도했을 것이다. 사랑하기 때문에. 사회적으로 조금은 부족해도, 남녀의 사랑을 막아서는 창조 의미를 부정하는 것이 아닌가. 그러므로 거리에서든 웬만한 정도는 눈감아주라고 말하고 싶다.

다일공동체 대표 최일도 목사와 수녀 출신 김연수 시인 부부, 수녀 출신 김연수 시인과 다일공동체 대표 최일도 목사 부부. 이 얘기에서 생각해볼 수 있는 것. 천주교 교리를 생명처럼 알고 순종하는 맘으로 수녀로만 살기로 평생을 각오했던 김연수였지만, 어쩔 수 없는 상황에 처해 괴짜 전도사 최일도를 만나 멋진 두 아들을 두게 되었다. 이 두 아들을 둔 한 여인의 생각은 어느 만큼일까.

천주교가 지니고 있는 종교적 신념을 존중해야겠지만, 이제는 수정할 때가 되었다고 본다. 천주교 성직자로 살아갈 거면 결혼해서는 안 된다는 신부 제도와 수녀 제도는 문제가 있는 제도라고 보인다. 한 가지 더, 수도원 제도다. 수도원이 있게 된 배경은 중세시대 십자군 백년전쟁 때, 기독인으로서 전쟁 상황에서는 신앙 생활을 하기가 너무도 어려워 어딘가로 도피하려는 게 당시의 신앙생활이었다. 당시의 신앙생활은 그럴 수밖에 없었겠지만, 지금은 아니지 않은가. 그런 문제에 있어 정확한지는 공부를 해봐야겠지. 수도사 개념은 이웃 사랑을 무시해버린 불량심이라고 해도 할 말이 있겠는가. 성경 어디에도 도피하라는 구절이 없음을 보면 더 설명이 필요하겠는가. 성경은 세상에서 빛이 되라고 했다. 그렇다면 힘들어하는 맘들을 사랑으로 품으라는 게 그 의미가 아닌가.

물론 수도원에서 생을 마감하겠다가 아니라, 나라는 존재를 참 신앙인으로 담금질하는 것으로 해석하고 싶지만 그게 안 보여서다. 수도사 제도도 이웃을 사랑하라는 성경구절과는 거리가 있는 제도다. 도피한 자를 보고 "충성된 종아, 네게 면류관을 씌워주겠노라."라고 하나님이 말씀하실지, 한번쯤 생각해볼 필요도 있지 않겠는가.

어쨌든 김연수 수녀에게 두 아들은 누구이며 어떤 존재란 말인가. 두 아들들은 김연수로부터 생겨난 절대적 존재들로, 그런 존재가 끊기지 않고 계속 이어져야 할 당위성을 종교 교리라는 족쇄로 채워 놓아서야 되겠는가. 이런 문제에 있어 천주교 본산인 바티칸 궁전은(궁전이라는 말은 지배라는 의미가 아닌가) 심각하게 고민할 때가 되었다고 본다.

기독교는 족쇄를 풀어주자는 데 있지 않은가. 인정한다면 지금의 신부 제도와 수녀 제도는 창조질서에 도전하는 것과 다름없다. 이 내용에 반박하고 싶다면 한번 나와보라고 말하고 싶다. 기다리고 있을 테니. 다시 말해 지켜야 될 전통이라고 고집할 것이 아니라, 수정 하라는 것이다. 개신교로서는 금년이 종교개혁 5백주년이라고 해서

다시 한 번 개혁하자고 한다. 감히 말하지만 개혁 가능성은 말에서 그칠 것이다. 천주교는 그런 말이라도 하는가.

김연수 수녀도 부모로부터 생겨난 존재지만, 천주교 수녀라는 생각 때문에 인간으로 계속 이어지기를 바라지 않았다 해도, 인간으로 태어난 최고의 가치가 무엇이겠는가. 앞서도 말했지만 자식을 두는 것이 아니겠는가. 그동안 수녀로만 각오했던 김연수는 최일도 목사에게 고맙다는 말을 입에 달고 살아도 부족할 것 같다. 수녀일 당시야 철딱서니 없는 청년이라 너무도 싫었을지 몰라도, 최일도 목사가 그렇게 죽기 살기로 저돌적으로 덤벼들지 않았다면, 사랑하는 두 자식을 둘 수 있었겠는가. 결과론이지만 최일도 목사에게 자신이 줄 수 있는 모든 것 다 주어도 고맙기만 할 것이다. 자식이란 바로 그런 존재인 것이다.

심장박동고
심장박동

서옥숙은 이런 문제에 있어 말은 못 하고 속으로 후회하고 있는 것이다. 겉모양이야 누구도 부러워할 삶을 살아가고 있지만 말이다.

　전날로 돌아가보면, 서옥숙은 생각지도 않게 남편이 권하는 바람에 삼십대 중반부터 자동차 운전을 했다. 남편은 배려 차원이었겠지만, 처음부터 운전대를 아내에게 맡겼다. 남성들도 그러리라 싶지만, 운전대를 잡는 기분은 운전하는 사람들만 알까? 운전이 여간 좋지 않다. 오늘날은 마이카 시대로 운전 못 하는 여성이 없지만, 사십년 전만 해도 여성이 운전대를 잡으면 얌전치 못하다고 여성들로부터도 욕을 얻어먹었다. 남편이 그것을 어찌 몰랐겠는가. 다 알았을 것이다. 알면서도 운전을 좋아할 아내를 생각하면 흉의 눈초리도 무시하자 그랬지 싶다. 오늘날의 사회 분위기는 여성이 운전대를 못 잡는 것이 되레 흉이 될 정도지만 그때는 그랬다.

　아무튼 그렇게 해서 삼십년이 넘게 운전을 해서 아직도 젊은이들 못지않게 운전을 하지만, 남편은 나이 때문에 못 하고 아내가 항상 운전대를 잡는 편이다. 젊었을 적에도 웬만한 거리는 운전대를 아내에게 맡긴다.

그때도 생활 형편은 그런대로 괜찮은 편이라 프린스 자동차를 가졌다. 그렇게 한 것은 전적으로 나를 위함이었을 것이다. 프린스 자동차는 당시만 해도 생활이 어려운 사람은 갖기 어려운 고급이라면 고급 자동차였지 않은가. 그런 차를 잠간 얻어 타기만 해도 좋았던 시절이었다. 지금도 예쁜 자동차 선물은 여성으로서 최고의 선물로 여길 만큼 좋아들 하지만 말이다. 운전을 좋아하는 입장으로 자동차 명의는 남편으로 되어 있기는 하지만, 운전대를 아내가 잡으니 아내 자동차나 마찬가지다. 어떤 사람은 자기 명의를 주장한다는 말도 들리는데, 성격인지는 몰라도 서옥숙은 그럴 필요까지는 느끼지 않는다. 다른 사람도 그렇겠지만, 서옥숙은 운전할 때가 좋다. 유치원, 학원장이라는 신분이라면 자동차야 당연하다. 그때는 그런 생각이었지만 말이다.

지금의 승합차는 여행에 필요한 물건들은 싣고 다니라고 막내아들 상호가 5년 전에 사준 자동찬데, 캠핑카처럼 개조까지 했다. 둘째 아들까지는 어머니라고 하는데, 막내아들은 엄마라고 한다. 그렇게는 네 살 때부터 초등학교 들어갈 때까지, 아니, 초등학교 들어가서도 잠들 때마다 내가 품어 재우다시피 했다. 쉰 중반 나이가 되었음에도 그때의 정이 남아 있는가 보다.

서옥숙도 막내아들 상호가 여간 사랑스럽고 좋지 않다. 비록 나이 먹은 중년이기는 해도 "상호야!" 그렇게 부르게 된다. 첫째 둘째는 그렇게 안 부르고 "상준이!" "상병이!" 그렇게 부르게 되지만….

첫째도 둘째도 잘하지만, 막내 상호는 눈물 나게 잘해준다. 이틀이 멀다하게 전화로 안부를 묻고 매주 찾아오다시피 한다. 와서도 그냥 끄덕이는 인사가 아니라 끌어안는다. 현재의 아파트는 큰아들 상준이가 해줬고, 안 주어도 되겠지만 생활비는 둘째아들 상병이가 책임을 지다시피 한다. 효도하기 경쟁이라도 벌이는지 눈물이 다 날 정도다. 여간 고맙게들 하지 않는다.

며느리들은 또 어떤가. 둘째 며느리야 유치원과 학원을 이어 받아 운영 중이지만, 큰며느리는 유명 대학을 나와 사회에서도 내 로라 하는 직업여성이다. 그렇지만 며느리로서의 역할은 부담스러울 만큼 잘한다. 물론 막내며느리도 너무 고맙게 한다. 제 부모들이 잘하는데 손자들이 어찌 잘하지 않겠는가. 서옥숙은 이런 행복 속에 살아간다. 그렇지만 맘 한 구석엔 자식이 없다는 서운함이 있다.

그런 생각이 낮에는 덜 하지만 잠이 쉽게 들지 않을 때 서옥숙은 피붙이가 그리워진다. 지금의 자기 맘이라고 말하지 않는 이상 남편이 어찌 알겠는가. 남편은 젊었을 때부터 일찍 자고 일찍 일어나는 습관이라 오늘도 마찬가지. 아홉 시 전인데도 벌써 잠이 들었다. 남편이야 세 아들들이 잘살아가고 있고 손주들도 탈 없이 학교에 잘 다니고 있는데 걱정할 것이 무엇이겠는가. 걱정할 것이 없으니 잠도 잘 오겠지.

서옥숙도 다른 때 같으면 남편 따라 곧 잠이 들었겠지만, 오늘따라 잠이 쉬 오지 않는다. 이유는 자기에게 피붙이가 없다는 생각 때문이다. 남의 자식을 키워보겠다고 나선 이상, 잘 키우려면 내 자식이 있어서는 곤란하겠다는 생각에 임신 주기 때마다 남편을 피했는데, 그러지 말 걸 하는 후회가 밀려온다. 이제 와서 돌이킬 수 없는 사실이지만 말이다. 임신 주기 때마다 남편과의 합방을 피하기 위해 늘 세 아이들 방으로 갔다. 물론 아이들이 중학생이 되고서는 그렇게까지는 아닌 것 같아, 남편에게 오늘 밤은 곁에 오지 말라고 못을 박았지만 말이다.

생각나는 지난 일지만 막내아들 상호는 초등학교에 들어갈 때까지 서옥숙의 품안에서 잠들곤 했다. 서옥숙의 품이 좋아서 그랬겠지만, 자신도 막내가 품으로 다가오는 것이 여간 좋지 않았다. 정말 따뜻했다.

막내아들의 심장박동과 자신의 심장박동. 막내아들 숨소리와 자신의 숨소리. 높낮음이 다르면서도 느낌은 아름다움으로 조화를 이룬다. 잠든 막내의 숨소리는 그녀의 인생을 통째로 가져가기에 충분했다. 막내가 초등학교에 들어가기는 4년 후라, 그때 서옥숙의 나이는 소녀티를 갓 벗어난 열아홉 살. 젊다기보다 아직도 여학생 같은 새파란 아가씨…. 그런 아가씨가 본인이 낳은 아들도 아니면서 날마다 품어 재우다니…. 어찌 보면 웃기는 일 같지만, 그것이 지금의 운명으로까지 오게 된 것이다.

그동안의 기억이지만, 지금은 자식이 있는 사람이 부러울 때가 많은데 어쩌랴. 결혼했지만 자식을 낳으면 잘 키우겠다고 자신 있게 가졌던 각오를 스스로 무너뜨리는 결과를 낳는다는 생각에 임신 주기 때마다 임신이라도 될까봐 남편과의 합방을 피했는데, 이제야 생각이지만 그러지 말고 다가갈 걸 하는 후회도 솔직히 든다. 그렇지만 남편 앞에서 내색은 할 수 없어 그것을 잊자는 차원으로 이렇게 말하곤 했다.

"상호 아버지, 손 좀 이리 줘봐요. 손톱 좀 다듬어드릴게."

항상 옆에 있어주기를 바라는 남편이 아내의 말을 어찌 싫다 하겠는가. 고맙겠지, 단순히 손톱만 다듬자는 게 아닌 줄 알면서도 미안스럽다는 표정으로 "아니야." 하다가 손을 내미는 남편. 이제는 손톱도 어쩔 수 없이 노인이다. 두껍다.

"내가 다듬을 건데…"

처음은 아니지만 쉽게 손을 내밀기는 멋적은가 보다.

"돋보기안경 좀 주어봐요."

"벌써 돋보기안경을 찾으면 어떻게 해요?"

"이젠 나도 어쩔 수 없이 노인 길에 들어섰는가 봐요, 돋보기안경이 필요한 걸 보면…"

얼마 전까지도 돋보기안경 말은 없었는데…. 남편 전기선 장로는 미안하다는 표정을 짓는다. 서옥숙은 남편의 손톱 발톱을 다듬어주면서 과거에 젖어 남편의 손을 만지작거린다. 비록 노인이지만 당신이 있어서 좋다고 말이다. 그래, 사랑한다는 말을 해야만 알아들을 그런 남편이 아니다. 남편은 빙긋 웃는 미소 속에 고맙다는 눈빛이다. 당신은 나를 위해 이 세상에 태어난 사람이다, 분명…. 하늘 아래 당신만큼 고운 사람 있으면 한번 나와보라고 해. 그렇게 말하고 싶은 눈빛이다.

그렇다. 부모님으로부터 이어지는 유전인지는 모르겠으나, 친정엄마는 팔십이 가까웠을 때까지도 곱게 계시다가, 구십에 이르러서는 확실한 노인이 되었다. '몇 년 전에 세상을 떠나 지금은 안 계신 어머님, 칠십 나이 다 될 때까지 곱다는 말을 듣게 낳아주셔서 고맙습니다' 하고 서옥숙은 생각한다.

곱다는 것을 남편도 인정하는지 끌어안고 싶은 건가. 비록 할머니가 되었지만 부부로 50년을 넘게 살아온 아내가 어찌 그런 남편의 생각을 읽지 못하겠는가. 젊어서 같으면 본격적으로 품었을지도 모르는 단둘만의 공간…. 노인을 끌어안는다고 무슨 흉이겠으며 누가 말하겠는가….

"그래요, 젊었을 때처럼은 아니라도 한번 안아봐요…."

그래서 안아주기는 하나 포동포동하던 살집은 다 어디로 가고 갈비뼈가 만져지다니…. 아내로서 안타깝다는 생각을 지울 수가 없다. 세상에 사람으로 태어나고, 살고, 늙어가고, 떠나고…. 이것이 생존 질서 아니겠는가. 아무리 오래 살고자 몸부림 쳐봤자다. 누구는 세상에서 가장 싫은 것이 죽음이란다. 그 때문에 장수하기 바라는 마음으로 몸에 좋다면 검증되지도 않은 것들을 무값을 주고 사먹는다는 얘기도 듣는다. 오늘날은 백세시대라고 해도 육십대면 가족으로부터 헤어질 날도 그리 멀지 않지 않은가. 1950년대까지만 해도 육십대에 접어들면 시신 그릇인 널짝까지 미리 만들어 안방 윗목에다 두고 옷가지들을 담아두지 않았던가. 진나라 시황은 쉰 살 나이에 떠났는데, 떠나는 것이 얼마나 싫었으면 불로초를 구해오라고 명령했을까.

올해로 오십여 년이나 지난 오늘이지만, 이 시점에서 타임머신을 타고 과거로 되돌아가보면, 아들을 둔 부모들은 서옥숙을 색싯감으로 눈여겨봤을 것이다. 소녀티가 덜 가신 고등학교를 갓 졸업한 열아홉 살 나이…. 그런 나이이기에 세상 물정을 잘 몰라 행복이 무엇인지도 회갑 때야 비로소 알았다. 물론 힘들게 살았다는 게 아니다.

여덟 살, 여섯 살, 네 살, 엄마 없이는 살아가기 매우 어려운 고만고만한 어린 세 아들을 남겨놓고 친엄마는 몹쓸 병을 이기지 못하고 안타깝게도 세상을 떠나고 말았다. 그랬기에 열아홉 살 서옥숙은 그런 어려움에 내몰린 남편 전기선 선생님과 어린 세 아이들을 보란 듯이 키워준 것이다.

지금의 도시 주거 환경은 아파트가 일반적이기에, 벽을 두고 살아도 누가 말해주지 않으면 옆집 사람이 죽어 나가도 모르지 않는가. 그렇지만 1960년대 중반까지는 아파트보다 기와집들이 주된 주거지여서, 동네에서 일어나는 일마다 금방 알게 되고, 이웃 동네에서 일어나는 일까지도 날개를 달았다.

느닷없이 날벼락을 맞은 가족들로서는 기억하고 싶지도 않은 아픈 사건이지만, 1970년 4월 8일 서울 마포구 창전동 와우지구 시민아파트 15동 건물 전체가 붕괴, 33명이 사망하고 39명이 중경상을 입은 사건. 1969년 12월 26일에 준공한 후 불과 4개월 만에 일어난 이 붕괴 사고는 조사 결과 아파트의 받침기둥에 철근을 제대로 쓰지 않아, 기둥이 건물의 무게를 지탱하지 못했기 때문으로 밝혀졌다. 따라서 아파트 부실공사에 대한 인책 문제가 국회에까지 비화되어 서울시장 김현옥(金玄玉)이 물러나는 사태까지 빚었다. 사고가 발생하자 경찰·군·예비군·미8군 등 1천여 명이 동원되어 구조작업을 벌였다. 이 사고를 계기로 경찰은 전국 697개 아파트에 대한 안전도 검사에 나섰는데, 85동이 날림공사였다는 게 밝혀져, 한때 아파트

기피 현상이 빚어지기도 했다. 이 사건 이후 도시 빈민의 주거 문제가 새롭게 대두하기 시작했다.

오늘날이야 아파트가 아니라도 가정마다 수도가 있어 수도꼭지만 틀면 물이 콸콸 쏟아지지만, 도시개발 개발 초기에는 어디 그랬는가. 공동수도를 사용할 수밖에 없었다.

소문이란 그 속성상 잘된 일보다는 잘못된 일이 더 흥미롭기 마련. 대도시이지만 시골 같은 분위기였던 그 동네, 다른 동에서 젊은 엄마가 어린아이 셋을 두고 세상을 떠났다는 얘기가 서옥숙 엄마 귀에까지 전해졌다. 그렇게 된 것이 안타까웠는지 교회 어른들끼리 그런 얘기를 나누곤 했다. 서옥숙 엄마는 오지랖이 넓다고나 할까. 남의 일에 참견하다 안 좋은 소리를 듣기도 여러 번이었지만, 그런 줄 알면서도 궁금한 것은 확인을 해야만 직성이 풀리는 성격이었다. 주일 예배를 마치고 성명자 집사, 탁영순 권사, 그리고 여자집사 몇 분들과 그런 얘기를 나누더니, 오후 2시 반경에 가보자고 약속을 했다.

그런 얘기를 들은 주일학교 교사 서옥숙의 입장에서, 어린 세 아이들 운운하는 말에 듣고만 있기에는 너무도 궁금했다. 엄마가 없는 어린 이들이 어떻게 지내고 있을까. 너무도 안타깝다는 생각에 서옥숙은 어른들을 따라 나서게 되었다. 어른들을 따라가서 보니 여덟 살, 여섯 살, 네 살인 2살 터울의 남자 아이들이 올망졸망 있었다. 엄마가 없어서 그렇겠지만, 세 아이들은 모르는 아줌마들을 인사도 없이 멀거니 쳐다만 보고 있었다.

그런 모습이 불쌍하다는 생각에 서옥숙은 눈물까지 다 흘렸다.

스무 살도 안 된 아가씨가. 서옥숙 아가씨는 그때부터 이 세 아이들을 위해 뭔가 해줄 수 없을까를 생각하게 된다. 그런 아이들 중에 네 살배기 아이 눈과 정면에서 마주친다. 아, 저 어린이를 어떻게 할 것인가. 집에 와서도 엄마가 없는 네 살배기 아이가 눈에 밟혀 잠이 잘 안 온다.

엄마가 없는 초롱초롱한 저 눈빛들, 내가 이 세 아이들을 도와줄 수는 없을까? 생각 끝에 다음날도, 다음날도, 또 다음날에도 날마다 찾아가게 된다. 그리고 서옥숙 아가씨는 네 살배기 어린이를 안아주고 싶어 꼭 껴안는다. 네 살배기 아이도 껴안아주는 것이 좋은가 엉겨붙는다. 네 살배기의 심장과 열아홉 살 서옥숙의 심장, 두 심장이 설명할 수 없는 사랑으로 요동쳤다.

이런 이상야릇한 사랑을 떼놓고자 해도 이제는 떼놓을 수는 없다. 서옥숙의 힘으로는 도저히⋯

'네 이웃을 네 자신같이 사랑하라'(마태복음 22장 39절)는 성경말씀을 생각할 필요도 없다. 비록 남의 자식이지만, 지금은 누가 뭐래도 너는 내게 있어 절대적 존재다. '세상에서 제일 좋은 것이 무어냐고 누가 내게 묻는다면 당연히 사랑이라 할 것이다.' 한국 철학거장 김형석 교수 말씀이 아니라도 서옥숙 아가씨는 이 어린이들로부터 행복을 맛보고 있는 것이었다. 이제부터는 이 세 어린이들을 키워주는 것이 아니라, 어린이들 속으로 이미 들어가버렸다. 언제까지도 날마다 같이 해야만 하는⋯

서옥숙은 오빠, 언니들이 책가방 둘러메고 학교에 가는 것이 너무도 부러워 부모님을 졸라 조기 입학했다. 그랬기에 고등학교도 정상 나이로 졸업한 친구들보다 한 해 먼저 졸업하게 된다. 성장 속도도 사람마다 같을 수는 없겠지만, 서옥숙은 신체적으로 더 성장해야 하는 아직 소녀 같은 모습이었다.

그렇지만 세상을 바꾸고 싶은 충동이었을까? 자신도 모르게…. 지금까지의 서옥숙의 삶은 전설적 얘기가 되어버리고, 전혀 새로운 삶이 시작되는 순간이 왔다. 이것이 운명적이든 예정지어진 일이든, 자신의 존재와 영혼을 이 세 남자 어린이들이 통째로 가져가버린 것이다. 그래서 날마다 찾아가 씻겨주는 것은 물론, 집에서 만든 음식을 먹였다. 늘 그렇게 하다 보니 이 세 아이들은 자연스럽게 서옥숙의 아이가 되어버렸다. 의도했든 그렇지 않든 아이들과 정이 들 대로 든 석 달이 지난 어느 날 오후, 아이들 아빠 전기선 선생님에게 "선생님, 제가 선생님 세 아이들의 엄마가 되어주면 안 될까요?" 하고 묻는다. 그 말을 들은 선생님은 느닷없는 말이라 놀라서, '이 아가씨가 무슨 말을 하고 있는 거야? 날마다 찾아와 아이들을 씻겨주고 말동무도 해주어, 애들은 착 달라붙어 누나라고 부르기까지 하는데. 고맙기는 하지만, 그래도 말도 안 되게 뜬금없이 애들의 엄마가 되어주면 안 되겠냐고 하다니…?' 하고 생각하게 된다.

"에이, 농담이라도 그런 말은 하지 말아요. 불쌍해지는 말을…."

"아니에요, 진심이에요. 선생님만 괜찮으시다면 오늘부터라도 엄마가 되어줄 생각이에요. 나는 교회에서 어린이를 지도하는 주일학교 교사이기도 하지만, '네 이웃을 내 몸같이 사랑하라'는 설교를 들어서인지, 선생님 세 아이들만 생각나고 그래요. 그래서 이 세 아이들의 엄마가 되게 해달라는 기도가 자연스럽게 나와요."

'우리 세 아이들의 엄마가 되게 해달라는 기도가 나온다고? 이거 야 정말, 무슨 말인지 가늠할 수 없지만, 고개 넘어 동네라 누구로 부터 들은 얘기에 의하면, 이 아가씨 집 생활 형편은 남을 도와줄 만큼 넉넉하지는 못해도, 그런대로 괜찮다던데. 게다가 예쁘고 얌전 한 태도를 볼 때 아들 둔 부모들로서는 며느릿감으로 욕심낼 만한 아가씨가 아닌가. 그런 아가씨가 진심이라니? 그렇지만 처지가 너무 딱해 보여 한 번 해본 말이겠지?'

이런 생각이 든 전기선은 그 말을 들을 필요도 없다 싶어, 홀아비 라 가까이만 있어도 잘못된 소문이라도 날까봐 가까이는 못 있고, 말을 하더라도 좀 떨어져서 하고, 그래서 못 들은 척하고 가려 했다. 그런데 서옥숙이 다시 말했다.

"선생님, 그렇게 가시지만 말고 이리 좀 앉아 내 말 좀 들어보세 요. 꼭 드릴 말씀이 있으니…"

'아니, 드릴 말씀이라니?'

"무슨 말인데요?"

그렇게도 활달하고 건강했던 아내는 막내를 낳고 시름시름 앓더 니 결국 병을 이기지 못하고 떠났다. 그런 바람에 세 아이들은 고아 나 다름없게 되었다. 이 일을 어떻게 해야 할지 너무도 난감해, 어떤 방법이 나올 때까지 우선은 이웃 아주머니가 돌봐주었다. 그러기에 집안 청소까지는 어림없었다. 지금의 집은 조부님이 30년 전에 지으 신 집이라 마루는 있지만, 아내가 없어 마루는 말할 것도 없고 방이 며 부엌이며 먼지가 잔뜩 쌓이다시피했다. 그런 집을 아가씨는 쓸고 닦고 올 때마다 자기 집처럼 청소했고, 비교적 깔끔한 마루에 걸터

앉으라고 소매 자락까지 잡아 끌어당기도 했다.

"선생님, 집에 날마다 오다 보니 선생님네 세 아이들과 정이 들대로 들어 이제는 헤어질 수가 없어요. 그래서 함께 지내고 싶어서 선생님한테 이렇게 말씀을 드리는 거예요, 무슨 말인지 아시겠지요?"

"…?"

"그래요, 세 아이들과 함께 지내려면 선생님 아내로 지낼 수밖에 없는데, 선생님이 그걸 인정해주셔야 편한 맘으로 지내지 않겠어요?"

"…?"

이게 무슨 소리야? 아내로 인정 해달라니? 듣자니 갈수록 태산이다. 한번 해본 말이 아니라 진심일지라도, 남의 귀한 따님을 총각도 아닌 서른네 살이나 되는 홀아비인데, 그런 말에 응할 수는 도저히 없지 않은가, 세 아이들이 있는 처지에서 말이다. 말도 안 된다는 표정을 짓고 일어서려는데,

"저 오늘부터 아이들의 엄마, 선생님의 아내가 될 겁니다."

하며 말도 안 되는 말을 무슨 급한 일이라도 생긴 것처럼 서옥숙은 한다. 그렇게 말하는 아가씨를 똑바로 쳐다보니 각오가 서린 눈빛. 그렇지만 어떤 말도 할 수가 없어 듣기만 하고 있는 전기선 선생님.

"…"

"이런 사실을 부모님께 당장 말씀드리자니 뜬금없는 일이라, 너무 놀라 큰 충격으로 받아들이실지도 모르겠습니다. 지금 무슨 소리를 하는 거냐고 야단치실지도 모르겠지만, 저의 제안을 선생님이 받아만 주신다면, 부모님을 설득할 자신이 저는 있어요. 물론 이 자리에

서 선생님의 확답을 듣고자 하는 건 아닙니다만, 그래요. 그러니 선생님한테 저의 각오만 우선 말씀드리는 것입니다."

"…?"

"우리 부모님이 어떤 분들이신지 선생님도 알고 계실지 몰라도, 남을 돕자는 데 소문이 자자하신 분들입니다. 남의 어려움을 보면 어떻게 해서든 도와주려고 애쓰시는 그런 분들이십니다. 천성인지는 몰라도…; 그런 부모님이라 처음에는 반대하시다가도 각오한 자초지종을 말씀드리면, '네 생각이 영 그렇다면 어쩌겠니.' 그러지 않으실까 생각돼요."

세 아이들을 위해 살아주겠다는 말이 진심일지라도, 전기선 선생은 그 말을 도저히 받아들일 수가 없다. 아니, 말도 안 된다. 소녀티가 남아 있는 딸 같은 열아홉 나이 아가씨.

"…"

"그래서 오늘부터 당장 선생님 집에서 살아갈 수는 없겠지만, 부모님께서 반대만 않으신다면 그날부로 선생님 세 아이들의 엄마로 살아갈 겁니다. 그러려면 선생님의 아내가 되지 않고는 안 될 테니, 사실을 알린다는 차원에서 교회 목사님께 말씀드려, 많은 분도 필요 없이 장로님, 권사님 몇 분만 모시고 결혼식을 올리고 말이에요."

"…?"

갈수록 태산이다.

"결혼식도 복잡하게 생각할 필요 없어요. 예식장도 필요 없어요. 집에서 그냥 하면 돼요. 그래요, 아무리 형식이지만 이 모습대로는 곤란하다면, 좀 깔끔한 옷으로 갈아입고 말이에요. 결혼식이 뭐 별걸

니까. 이런 얘기를 꺼내는 것은 선생님을 힘들게 하지나 않을까 해서 조심스럽기는 하지만, 선생님은 이미 결혼식을 치러보셨습니다."

"…"

전기선 선생은 이 아가씨의 열변을 듣고만 있자니 아무데도 쓸데 없는 자존심이 솟는다. 그렇지만 세 아이들을 키울 일을 생각하니 아가씨의 열변이 당돌하기는 해도, 이 열변을 가로막기는 현실이 너무도 막막하다.

"그래서 우리의 결혼식을 어떻게 생각하실지 몰라도, 저는 수많은 하객들을 모시고 보란 듯이 결혼식을 올리는 것이 그렇게 자랑스럽다고 여기지 않습니다. 그런 줄 아시고, 이렇게 되었다는 정도로만 결혼식을 치렀으면 합니다."

"…"

그려, 화려한 결혼식이 뭐 중요하겠는가. 세상을 떠들썩하게 결혼식을 치른 부부들보다는, 좀 모자라게 결혼식을 치른 부부들이 아무 말 없이 아들딸 잘 낳고 살아가기는 하지.

"많은 부부들은 결혼식이 인생에서 전부인 양 모든 것을 쏟아 부어 세상을 떠들썩하게 하곤 하지만, 얼마잖아 잡음이 있음을 보면서 '그것은 아닌데' 그랬습니다. 지금 생각도 마찬가지고요. 아무튼 결혼식이란 혼자가 아니라서 쉽지는 않겠지만, 저는 좀 다른 생각을 가지고 있어요. 특별하다면 특별한 생각을 가지고 있어요."

"…?"

전기선 선생은 '이 아가씨는 나와의 결혼 문제가 절대적일까? 물론 우리 세 아이들의 엄마가 되고 싶어 그러는가 싶기는 하지만…' 하고 생각한다.

"부부로 살자는데 여러분들에게 알리는 결혼식이면 되는 것이지, 틀에 박힌 형식이 그렇게 중요하지 않을 것 같아 드리는 얘기입니다."

"…"

앞에서도 얘기했지만 서옥숙은 나이를 낮춰 조기 입학을 했다. 하지만 눈망울이 초롱초롱하고 똘똘해 보였는지 초등학교 때부터 반장은 독차지하다시피 했고, 고등학생 때는 총학생회장까지 맡았다. 그러다 보니 이렇게 숨도 쉬지 않고 거침없이 말하는 것도 무리는 아니겠으나, 고등학교 교사이고 삼십대 중반 나이가 된 입장에서 갓 열아홉 된 소녀 같은 아가씨가 너무도 당돌하다는 생각도 솔직히 드는가 보다.

"제가 선생님의 세 아이들을 키우겠다는 것은 세상 사람이 보기에는 대단하다고 칭찬해줄지 몰라요. 하지만 저는 그런 칭찬을 받을 자격도 없고, 받고 싶지도 않습니다. 그것은 선생님의 세 아이들을 키우면서 참 행복이 무엇인지 맛보라고 하나님께서 복 주신 것으로 저는 생각하니까요."

"…"

그렇지만 자기 유익을 말하는 게 아니라 엄마가 없는 세 아이들을 위하겠다는데 어찌 싫다 하겠는가. 그렇지만 아가씨의 부모님 얘기도 듣지 못한 상태에서 대단한 각오가 섰다 해도 그렇게 하자고 대답할 수는 도저히 없지 않은가.

"그런 말은 아가씨가 쉽게 할 수 있는 말이 아닌데…"

"그래요, 쉽게 할 수 있는 말이 아닌 것은 맞아요. 그렇지만 선생님의 세 아이들은 내가 맡아 키워야 할 운명적 사건으로 저는 생각되기에 그렇게 말씀드리는 것입니다."

"…"

"오늘로서 석 달 몇 날째 선생님 세 아이들과 만난 것 같은데요. 날마다 이렇게 오는 것은 선생님의 세 아이들을 위해서가 아닙니다. 아이들이 좋아서입니다. 하루라도 못 보면 안 될 것 같습니다. 이제는 헤어질 수가 없어요."

"…"

아직은 소녀 같은 아가씨이지만 말도 조리 있고 대담하게 잘도 한다. 그것을 가로막기는 아닌 것 같아 듣는 척이라도 한다.

"선생님의 세 아이들과 같이해야겠다는 각오가 선 이상 선생님과의 결혼 문제 얘기까지도 너무 당돌하게 말씀 드리는 것 같아 죄송합니다."

"아가씨가 그렇게 말해도 당장은 무어라고 대답은 못 하겠으니, 생각할 수 있는 시간 여유라도 주시오."

그래, 아가씨가 우리 세 아이들과 함께하려면 내 아내가 되지 않고는 불가능하겠지. 가능하다 해도 인간심리상 충동이라는 것이 마음속에 자리하고 있지 않은가. 그렇게 봐서 대답만이라도 해버릴까? 판단이 서질 않아 여간 고민스럽다.

남녀 간의 결혼식이 언제부터 있게 된 행사인지는 몰라도, 시간이 부족할 정도로 바쁘게 살아갈 수밖에 없는 현대 사회에서 결혼식은 너무도 번거롭고 복잡하기 이를 데 없다. 이렇게 복잡하고 번거롭다 해도, 결혼식 행사를 치르지 않으면, 사회 통념상 부부로서 떳떳하게 살아가는 데 마음의 부담이 너무 클 것이다.

그렇지만 형편상 결혼식도 치르지 못하고 가정을 이루고 살아가는 부부들도 얼마든지 있다. 그래서 그냥 부부로 살아가다 자식이 태어나 성장해서 짝이 생겨 결혼식을 치러주어야 한다면, 부모로서의 맘이 어떨지 짐작이 필요하겠는가. 부모가 결혼식을 치른다는 것은 흉이 된다는 생각 때문에, 쑥스럽지만 자식들이 보는 앞에서 결혼식을 치르는 경우도 있지 않은가.

결혼해야 할 당사자는 부모가 있는 이상 맘에 맞는다고 해서 부모 허락도 없이 둘만의 결혼식을 치를 수는 없다. 물론 복잡한 형식의 결혼식을 벗어나고 싶어 부모에게는 말만 던져놓고, 등산 마니아들은 등산길에서, 수중 발레리나들은 물속에서 결혼식을 치르는 경우도 있다. 하지만 그것은 사회 통념을 벗어난 결혼식이지 않은가.

그런 결혼식을 탓하기에는 오늘의 사회는 너무도 바쁜 사회다. 그렇게 보면 전날에 있던 전통 결혼식을 고집할 필요는 없겠으나, 서옥숙 아가씨가 말하는 결혼식은 세 어린이 엄마가 되고 싶은 맘이 너무도 강한 나머지 던지는 말일 게다. 갓 열아홉밖에 안 된 아가씨가 결혼을 말하기는 당돌하다면 당돌하다고나 할까. 유행어를 만들어내기 좋아하는 측으로 보면 튄다고나 할까.

그렇지만 진심이라는데, 이 문제의 중심에 있는 전기선 선생님의 생각은 너무도 당돌하게 말하는 서옥숙 아가씨의 말이 싫지는 않다. 하지만 어떻게 대답해야 할지 판단이 안 선다.

서옥숙 아가씨의 부모님 말씀도 없는 상태에서, 아니, 서옥숙 아가씨 부모가 허락한다고 해도, "예, 감사합니다."라고 말할 수도 없다. 자신 앞에 놓인 지금의 형편은 올망졸망한 세 아이들의 홀아비가 아닌가. 서옥숙 아가씨가 그것을 다 알면서도 던지는 말이겠지만, 그렇다고 그런 제안을 쉽게 받아들일 수는 없지 않은가.

고등학생들을 가르치는 교사로서도 양심이 있지, 하룻밤 풋사랑 제안도 아니고, 평생을 부부로 살아가야 할 텐데. 서옥숙 아가씨의 절대적 성화를 이기지 못해 결혼을 했다 하자. 그러면 맘 변하지 않고 오래오래 살아줄 건가? 어림도 없을 것이다. 서옥숙 본인이야 각오한 결혼일지라도, 사람의 맘이 처음 맘 죽을 때까지 그대로일 수는 없다.

누군가를 위해 내 한 몸 바치겠다고 뛰어든 성직자도 맘속으로는 갈등이 있지 않겠는가. 성경에 베드로는 예수님의 수제자이면서 죽어도 같이 죽겠다는 각오로 무장되어 있었지만, 아주 나쁜 상황에 처하자 예수님을 모른다고 배반하는 발언을 하지 않았는가. 그것도 한 번도 아니고 세 번이나. 인생에서 중대하다면 중대한 결혼. 결혼식은 애들 장난이 아니지 않은가. 비록 형식일지라도 부모로서 결혼식을 치러주어야 할 텐데 말이다.

서옥숙 아가씨의 눈빛은 세 아이들의 엄마, 그리고 자신의 아내가 되겠다는 결연한 눈빛 아닌가. 그럴 거면 집에 다시는 찾아오지 말라고 해도 물러설 것 같지 않은 눈빛, 상상할 수도 없는 일반적 각오를 뛰어넘은 눈빛,

그려, 인정하고 아가씨 각오를 받아들인다 해도, 사회적 정서가 있지 않은가. 거의 아버지 같은 나이 차이, 아이들을 너무도 사랑한 나

머지 키우자 해도, 억셀 것 같은 올망졸망한 세 남자 아이들. 같이 살아갈 각오가 서 있다는데, 그렇게 싫지는 않아도 전기선 선생은 아가씨의 각오를 그대로 받아들이기 쉽지 않다.

그렇지만 어렵게 된 자신의 가정을 위해 살아주겠다는데 어찌 마다하겠는가. 말만이라도 고맙기 한량없지, 그렇게 보면 신께서 내게 보내주신 천사는 아닐까? 세상을 많이 살아본 어른들처럼 말도 조리 있게 잘도 하는 걸 보면, 정말 아들 둔 부모들이 탐낼 만한 아가씨임은 분명하다.

그렇지만 아무나 넘볼 수 없는 날개만 있으면 하늘로 날 수도 있는 천사 같은 그런 서옥숙 아가씨. 고등학교 영어교사로 3학년생을 맡고 있는 전기선 선생이 가만 생각해보니, 서옥숙은 조기 입학한 바람에 동갑내기들보다 한 해 먼저 졸업하게 되었지만, 지금의 자기 제자들 나이와 같은 나이였다. 그렇게 보더라도 서옥숙 자신은 각오가 섰다 해도, 이건 말도 안 된다고 생각한다.

심성이 아무리 좋은 부모라 할일지라도, 고등학교를 갓 졸업한 딸이 아버지 같은 홀아비 아내로, 세 아이들 엄마로 살아가겠다고 한다면, 이는 터무니없는 엄청난 일이지 않은가. 거기까지는 부모님께 얘기 못 했겠지만, 서옥숙 부모님은 반찬도 만들어 수차례 찾아주곤 했었다. 그래서 서옥숙의 말이 고맙기는 해도, 올망졸망한 세 아이 엄마로, 자신의 아내로 산다는 것까지는 말도 안 되기에 듣는 척만 하는데, 서옥숙 아가씨는 결혼식 날짜까지 말한다.

중요할 필요 없는
결혼식

그렇게 해서 교회 장로님 세 분, 권사님 다섯 분, 여자 집사님들 몇 분, 그리고 동네 분들을 모시고 결혼식을 치렀다. 그것도 예식장도 아닌 신랑 집 마당에서. 신부 화장은 손수 하고, 옷도 평소에 입던 평상복 차림이다. 이런 차림을 탓할 누구도 없을 것 같은데, 신랑만은 아닌가 보다. 아무리 그래도 '평생 한 번뿐인 결혼식인데…' 하는 눈치다. 목사님 주례사는 결혼식장에서 낭독하는 듯한 문장력 수사가 아니라, 맞닥뜨려진 현실의 말씀이었다.

"아이고, 저는 목회자로 정년을 앞두고 있으나 백세시대로 보면 그렇게 오래 산 것은 아니지만, 살다 보니 세상에 이런 일도 다 있음을 보게 됩니다. 목회자로서 처음 경험해보는 정말 흐뭇한 일이 아닐 수 없습니다. 서옥숙 선생, 아니, 서옥숙 신부, 정말 대단합니다.
이 결혼식을 허락해주신 신부 부모님 서준석 집사님, 김순임 권사님도 정말 대단하시고요. 물론 신부 부모님께서는 딸의 결혼식이 탐탁지 않게 여겨져 반대도 하셨겠지만, 오늘 이 같은 결혼식은 일반적 상식으로는 납득하기조차 어렵습니다. 정말 목회자로서 감동스러운 결혼식입니다.

결혼식은 형식에 불과하니 평상복만으로 결혼식을 치르겠다고 신부가 고집했다는 말을 들어 알고는 있으나, 신부라면 최소한의 예복이라도 차려 입는 건데, 그것도 아니고 일상복 차림으로 이렇게 서 있는 걸 보면, 같은 교회를 섬기는 목회자로서 우리 교회에 이런 천사가 다 있었나 싶어요. 목회 정년을 얼마 안 남긴 시점에 얼마나 흐뭇한지 모릅니다.

나이는 신부 나이보다 제 나이가 더 많지만, 참 인간이 어떻게 살아야 하는지 오늘 그 가르침을 받는가 싶기도 합니다. 아무튼 오늘 이 같은 결혼식을 보니, 목회자로서 그동안 목회를 잘못만 하지는 않았구나 하는 자부심까지 다 듭니다. 정말로 고맙고 맘 뿌듯합니다.

세상에 어디서 이런 어마어마한 생각이 서옥숙 신부에게서 다 나왔을까 생각하게 되는데, 우리 기독교는 사랑의 종교라고 말하지만 행동으로까지는 너무도 어려워 대부분은 말만으로 그치고 말죠. 그런데 오늘 신부를 보니 사랑을 그토록 강조했지만 입술로만 했나 싶어, 목회자로서 부끄럽기까지 합니다.

그렇지만 목회자로서 굳이 부탁을 드린다면, 세상사 교과서 같지가 않아서 아무리 애를 써도 생각의 반대가 있을 수도 있을 것입니다. 솔직히 말씀드린다면 세 아이들이 지금은 어려서 잘 모르겠지만, 좀 크다 보면 전혀 예상치 못한, 저 애가 갑자기 왜 그러지? 하고 이해가 안 되는 일도 얼마든지 있을 것입니다.

중학생쯤 되면 반항심을 내보일지도 모릅니다. 누구든지 그렇다고 볼 수는 없겠지만, 중학생 때는 사춘기라서 사회를 바라보는 시각도 긍정적으로 보이기다는 부정적으로 보인다고 합니다. 이를테면 성장 과정에서 있게 되는 일종의 성장통이라고나 할까요.

심리적 불안요인, 요즘이야 교육 수준이 교수 수준들이라서, 성장통도 자기들이 알아서 조절하겠지만, 교육 수준이 미약했던 전날에는 어디 그랬습니까. 말 잘 안 듣는다고 매질이 얼마나 심했습니까. 생각해보면 회초리도 무식한 행위입니다. 지금도 체벌을 주장하는 교사들이 있는가 본데, 그것은 '나는 무식으로만 뭉쳐진 교사입니다' 하고 공개하는 거나 다름없습니다.

말을 하다 보니 빗나간 얘기까지 했는데, 지금의 세 아이들은 성장하는 어느 시점에서 친엄마가 아니라고 어긋난 행동을 할지도 모릅니다. 서옥숙 신부는 거기까지도 알고 있는지 몰라도, 세상일이 각오만으로 안 되는 일들이 얼마나 많습니까. 신부는 그런 점을 감안해서 화를 낸다거나 해서는 절대로 안 됩니다. 어린이들은 어른들의 상상을 뛰어넘는 지각능력 때문에 엄마의 생각을 거울 보듯 훤히 들여다볼지도 모릅니다. 이런 점만 잘 이겨낸다면, 지금이야 어린이들이지만, 곧 성장해서 사회가 필요로 하는 큰 그릇이 될 것으로 믿어 의심치 않습니다.

전기선 신랑에게 부탁입니다. 오늘 이 결혼식은 듣기로 서옥숙 신부가 밀어붙이다시피 해서 급하게 이루어진 줄로 압니다. 그래서 이렇게 결혼식을 치르고는 있지만, 신랑께서는 아직도 뭐가 뭔지 감이 잘 안 잡혀 어리둥절하리라는 생각도 드는데요. 예식장도 아닌, 비록 집 마당에서 치르는 결혼식이지만, 결혼식은 결혼식입니다.

그래서 교회 여러분들, 동네분들의 뜨거운 축하로 치르는 결혼식이니, 앞으로 행복한 가정을 만들어 살아가시기를 주례자로서 목회자로서 부탁을 드립니다. 신랑께서는 고등학교 선생님으로 현직에 계시지만, 사람으로서 어떻게 사는 것이 옳은지 인생 철학이라고 할까. 그런 생각까지 두고 있지는 않을 것 같아, 그런 문제에 대해 한 말씀 드리죠. 지금 이렇게 신부로 서 있는 서옥숙 신부는 고등학교를 마치기는 했지만, 아직은 세상을 배워야 할 나이입니다.

나이까지 말하기는 좀 그러나, 서옥숙 신부는 이제 갓 열아홉 살입니다. 이제 막 사춘기를 벗어난 나이죠. 어른들이 보기로는 너무 일찍 결혼한다고 할까요.

그렇습니다. 전날로 보면 자식을 둘 나이인지는 몰라도, 또래들과 장난도 치며 부모 허락도 무시하고 놀러 다닐 나입니다. 그런 나이의 아내라 주례자로서 해도 될 적절한 말일지는 몰라도, 어디로 튈지도 모른다는 생각이 듭니다. 이렇게 젊은 아내에게 나는 어디까지나 남편이라는 생각을 내보여서는 곤란할 것입니다. 서옥숙 신부는 모든 것을 참아내는 성직자도, 천사도 아니라는 것을 신랑은 가슴속 깊이 간직하고, 따뜻하게 품겠다는 맘으로 삶을 사시기 바랍니다.

그렇게 살다 보면 움츠렸던 겨울은 봄에서 꽃을 피워 여름 햇볕을 받아, 그동안 기대했던 가을의 열매로 신랑신부에게 보답할지도 모릅니다. 아무튼 신랑신부에게 다시 한 번 축하 말씀을 드립니다. 감사합니다."

(1967년 4월 11일 주례 목진영 목사)

　서옥숙 아가씨의 절대적 성화로 이루어진 결혼식이지만, 전기선 선생은 전혀 예상치도 못하게 신랑이 된 것이다. 그래서인지 전기선 선생님은 '내가 신랑이 맞기는 한가?' 하고 머릿속이 어리둥절해지는가 보다. 어제까지도 서옥숙 아가씨였으나, 오늘부터는 아내가 되었다. 그렇지만 앞으로 계속 살아줄지 솔직히 믿음이 안 간다. 고등학교를 갓 나와서 세상 물정을 어떻게 알겠는가. 많이 살았다고 하는 사람들도 곧 후회하고 이혼장을 내미는 경우가 적지 않다는 데 말이다.

　'그동안은 아내가 떠나고 없어 홀아비 처지로 살았지 않은가. 그래서 언제 결혼식을 치렀냐고, 결혼식이 없었던 걸로 하자고 해도 손해는 아닐 테니, 일단 살아는 보자. 우리 세 아이들을 키우기가 너무도 힘들어 당장 도망칠지라도 말이다. 우리 세 아이들은 서옥숙, 아니, 지금의 아내가 없으면 안 된다. 당장 말이다.

　우리 세 아이들은 어제까지도 새엄마를 얼마나 좋아하는가. 눈에 안 보이기라도 할까봐 착 달라붙어 있다시피 하지 않는가. 화장실까지도 졸졸 따라 다니면서 누나, 누나 하지 않는가. 결혼을 했으니 엄마라고 해야겠지만 아직은 그것을 모른 채 말이다. 하루에도 그렇게 수백 번 불러댄다. 그것도 적당히가 아니라 심하다는 생각이다. 미안하다. 천사가 아니고는 우리 세 아이들의 뜻을 다 받아줄 수는 없을 것 같다. 싫어질 것은 물을 필요도 없을 것 같다.

그래서 너무 힘들어 싫어지면 언제든지 가도 된다고 문 열어놨다. 마음 문…; 양심이 있지, 새파란 아가씨를 내 아내라고 도망이라도 칠까봐 걱정해서야 되겠는가. 도망가고 싶으면 언제든지 보내줄 테니 걱정 말고 가라. 못 가게 가로막지는 않을 테니. 아니, 보내줄 수만 있다면 보내줄 테니.'

결혼식을 마치고 전기선 선생은 이런 생각을 했다.

결혼 첫날밤의
가운

"선생님, 저는 어려서부터 부모님 손에 이끌려 교회를 다녔고, 유치부생, 주일학교, 중등부를 거쳐 주일학교 교사로까지 이어져왔어요. 그래서 그런지 신앙생활에서 어린이들로부터 사랑이 무엇인지를 알게 되었다고나 할까요? 오늘 결혼식은 선생님의 의사를 무시하듯 한 결혼식이지만, 저는 잘했다고 생각해요. 제가 의도한 결혼식을 거부 안 하신 것만으로도 감사해요. 그렇지만 오늘 결혼식으로 다가 아니라, 저의 인생은 이제부터 시작이라고 생각하면 벅차다는 생각이 들어요. 그동안 부모님이 키워주신 온실에서만 자랐다고나 할까. 단 한 번도 경험해보지 못한 세상의 거센 태풍 앞에, 휘몰아치는 눈비 앞에, 스스로 서게 되는 기분이에요. 그런데 넘어지지 않고 잘 살아갈 수 있을까. 그런 생각도 드는 것은 사실입니다.

들은 얘기지만, 사람이 살다 보면 오늘 결혼식처럼 기쁨만 있지 않을 거예요. 감당하기 어려운 일도 있겠지요, 우리의 결혼식은 약식 결혼식일지 몰라도, 이제부터는 선생님의 아내로, 아이들의 엄마로 살아가겠지만, 그것을 저는 힘들 것이라고 생각지 않습니다. 이것을 두고 누구는 그렇게까지 할 필요도 없는 아까운 청춘을 한 가정을 위해 던진 희생이라고 말할지 몰라도, 저는 좋기만 합니다. 선생님 가정을 위하는 것 같지만, 실상은 제 자신을 위하는 것이라고 저는 생각합니다."

"…"

"저만이 아니겠지만, 오늘 결혼식은 저로서는 최고의 날이라고 생각합니다. 천성인지는 몰라도, 아이들이 여간 좋아요. 그래서 선생님 세 아이들을 키워준다기보다, 내가 좋아서 결혼한 겁니다. 무슨 말인지 선생님은 아시겠지요."

"…"

"선생님, 오늘은 첫날밤이기도 해서 선생님과 함께해야겠지만, 막내와 자고 올게요. 미안해요. 오늘 밤만이요."

말이야 막내와 자고 오겠다고 했지만, 내일 아침에 오겠다는 게 아니다. 말귀를 알아들을 수 있는 초등학생이 있어서 에둘러 말한 것뿐이다. 신랑 전기선 선생도 그것을 알고 있는지 몰라도, 다른 날도 아니고 결혼 첫날밤을 신랑과 함께하지 않고 어떻게 아이들과 따로 하겠는가. 아이들을 재워놓고 다시와 선생님과 함께할 거라는 말이다.

아이들은 엄마가 세상을 떠나는 바람에 아빠와 같이 잘 수밖에 없었지만, 이제부터는 따로 재워야 한다. 아이들 방은 따로 있다. 엄마가 살아 있을 때 쓰던 네 살배기 막내아들만 모를 수도 있는 방…

집 구조상 문만 열면 한 방 같은 현대식 방이 아니라, 안방, 건넌

방이 따로 떨어져 있는 방이기에, 소리 지르며 합방하지만 않으면 아무 소리도 안 들릴 그 방으로 아내 서옥숙은 아이들을 데리고 간다.

아이들 아빠가 학교에서 돌아올 때까지 낮동안 3개월 이상을 돌봐주고, 거의 날마다 품어 재워준 네 살배기 막내. 친엄마가 아니라도 따뜻하게 품어만 주면 되는 네 살배기 막내아들…. 그래서 아빠보다 서옥숙을 더 좋아하는지도 모르겠다. 신난다. 왜 안 그러겠는가. 아빠는 그냥 재워주셨지만, 누나 서옥숙은 품어 재워주지 않았는가. 네 살배기 막내는 품자마자 금방 잠이 든다. 벌써 꿈나라로 갔나 보다. 코까지 드르렁거린다. 형들도 마찬가지로 곧 잠에 든다. 낮에 재밌게 뛰어 놀았으니 피곤해서 그렇겠지만, 누나가 한 방에 있으니 안심이 되지 않겠는가. 처음 본 누나라면 또 모를까, 3개월 동안을 엄마처럼 해줬는데. 이제는 한 가족이라는 생각이 아이들 맘속에도 심어졌을 것이다.

그렇지만 서옥숙은 아이들이 잠에서 깰까봐 조심스럽게 일어나 전처가 쓰던 방으로 간다, 전처가 쓰던 것들은 하나도 치우지 않고 그대로인 것 같다. 가방을 연다. 가방에는 첫날밤에 입으라고 엄마가 사준 난생 처음 보는 속옷과 가운이 들어 있다. 내가 봐도 지나치다 싶은 야릇한 속옷과 가운….

남편 앞에서는 알몸을 다 드러내도 되는 아내지만, 남성들의 성충동을 일으키기에 충분한 속옷. 결혼 첫날밤만으로 그만일 특별한 속옷과 가운…. 그런 차림으로 거울을 본다. 자기가 봐도 아름답다. 그동안은 그 누구에게도 보여주지 않았던, 손만 살짝 대도 터질 것 같은 열아홉 살의 젖무덤과 아름다운 몸매… 다 그렇지는 않겠지만, 여성들의 아름다움은 열여덟이 정점이 아닌가.

신랑 앞에서 아름다움을 극대화하는 것은 공부할 필요도 없는 일. 자연에 따르면 되는 것이다.

그 자연이란 결혼했다는 사실을 인정하고, 지금의 나는 오늘부터 영원토록 당신 것임을 확실하게 보여주는 것이 아니겠는가. 그래야 남편으로부터 소박맞지 않을 것이라는 전날의 생각으로 속옷과 가운을 친정엄마는 입으라고 사주셨겠지만….

남편은 잠들지 않고 눕기만 했을까. 방문을 조용히, 아주 조용히 연다고 여는데도, 부스럭거리며 일어나 앉는다. 전등불을 켜기도 전에….

그려, 오늘은 결혼식을 치른 아주 특별한 날. 그런 날에 잠이 전처럼 쉽게 오겠는가. 더구나 결혼을 했으면 신부로서의 역할은 당연할 텐데도 아이들 방으로 가버렸으니….

막내와 자고 올게요, 그렇게 말하고 아이들을 데리고 건넌방으로 가기는 했어도, 아이들과 자고 낼 아침에 오겠다는 말은 아닐 테지만, 이렇게 금방 오다니…. 그려, 홀아비라는 딱지는 오늘 결혼식으로 해서 떼기는 했지만, 아내를 품어야 진짜 딱지를 뗀 것이지. 그런 생각으로 있었는지는 모르겠지만….

아내 서옥숙은 전등불 아래 심하다 싶은 야한 속옷 차림으로 남편을 바라보고, 남편도 일어나 앉기는 했으나 마찬가지로 아내를 바라만 본다. 남편이 초혼 때 같았으면 당장 일어나 끌어안아 눕히지 않고 이렇게 바라만 보겠는가. 결혼이란 혼자 하는 게 아니기에 첫날밤을 잘 치르는 것은 당연해서, 합방을 위해 몸을 씻었는데…. 신랑 전기선 선생님은 그것을 아는지 모르는지…?

다목적 통에다 더운 물 채워놓고 몸을 씻었는데…. 신랑을 위해 어느 때와는 전혀 다른 감정으로 몸을 씻었는데….

젖이 절대 필요한 갓난애기 말고는 남성들에게 해당되는 열아홉 살 아가씨의 젖무덤, 아들을 둔 부모님들이 보면 욕심 내기에 충분한 몽실몽실한 엉덩이. 처녀 딱지를 떼기까지는 여성의 절대적 상징도 팬티라는 보자기로 싸고, 그것도 모자라 치마나 바지로 싸기는 물론, 장소에 따라 수건으로 가림막도 쳐두었던 여성 상징을 아주 깊은 곳에 간직해두었었다. 그런 보자기를 오늘 밤은 남편에게 확실하게 풀어주어야 한다는 야릇한 생각으로 만져보기도 하지 않았는가. 구체적이지는 않지만 고교시절 들었던 성에 대한 지식을 참고로…. 그런데도 덥석 끌어안아 눕히지 않고 넋 나간 사람처럼 멍하게 바라만 보다니….

전처는 이렇게까지 않고 그냥 합방으로 들어갔을까? 아니면 이런 차림의 내 모습이 아름답기도 하지만 너무 이상하다는 건가? 세상을 떠난 전처는 지금처럼은 아니지 않았을까. 지금의 아이들로 보면 동갑내기로 이십대 초반에 결혼했지 싶은데, 대학교 1학년 때부터 연애를 했다면 몸은 이미 부부였지 않았을까? 물론 시대적으로 그렇게까지는 못했을지도 모르겠지만….

"선생님, 나 어떻게 할까요? 이렇게만 서 있을까요?"

그것도 기어들어가는 소리로, 밝은 귀나 들을 수 있을 소리로 말한다. '어제까지도 너무 당돌하다는 말을 들을 정도로 말을 그렇게 했는데, 이게 어떻게 된 거야. 결혼 첫날밤은 나만 그런 게 아닌 건 가?' 하고 서옥숙은 생각한다. 그때 신랑 전기선 선생은 서서히 일어 선다. 신부 서옥숙을 끌어안는다. 그렇지만 눕히지도 않는다. 왜 눕 히지 않는가 했더니, 눈물을 흘리고 있지 않은가. 세상 떠난 아내가 생각나서 그럴까? 아니면 아내가 너무도 고마워서? 그것도 아니면 미안해서? 시간이 흐른다. 드디어 눕힌다. 눕히기는 했지만 손댈 생 각을 하지 않는다. 그동안 합방이란 것을 잊었을까?

"선생님, 내 몸을 어느 누구도 그동안은 손댈 수 없었지만, 이제 부터는 선생님 것 아닌가요? 인정하신다면 그냥 그렇게만 있지 말 고, '하나님이 보시기에 좋았더라'라고 했듯이, 에덴동산 아담 앞의 이브로 만드세요."

"…"

"나도 다 알고 있어요. 사실만 아닐 뿐이지 결혼 전에 말했는지 기 억에는 없으나, 부부로서의 합방은 당연해서 맘에 안 들어도 크게 문제만 아니면 응해주어야 한다고 봅니다. 지금이야 응해주고 그렇 지 않고가 어디 있겠어요. 나를 끌어안으세요."

신랑 전기선으로서는 아내 서옥숙이 말을 그렇게 해도, 아직까지 도 우리가 부부인가 해서 얼떨떨한가 보다. 그냥이다. 지금 상황에 서 세상 떠난 아내 같았으면 별짓을 다 했을지도 모르는데….

"그렇게 어정쩡하게 하지 말고요."

서옥숙은 세 아이들 때문에 전기선 선생님과 결혼했지만, 아이들 에게만 맘 두어서야 되겠는가. 남편에게도 마찬가지로 맘을 두어야 지. 그러려면 합방도 맘에 들게 해주어야겠지. 너무 계산적일지는 몰라도…. 그런 생각으로 남편의 상의를 벗긴다. 속옷은 알아서 벗도록 두고.

"…."

남편 전기선으로서는 지금의 아내가 엄청 고맙게 대해주는데, 몹쓸 병으로 세상을 떠난 아내가 생각난다. 같은 대학 같은 학번, 1학년 때부터 만나 교직이라는 길을 같이 걸었던 동갑내기 아내. 오늘 밤은 그런 옛 아내 대신 서옥숙이 채워주려고 하지만, 그렇다고 서옥숙의 말대로 끌어안기가 여간 부담스러운 게 아니다.

엄마가 절대로 필요한 올망졸망한 애들을 두고 떠났지만, 그러기 전까지 애들은 다른 방에 재웠다. 그랬기에 아내는 줄곧 자신의 차지였다.

"부부는 정신적으로도, 육체적으로도 평생을 같이해야 하는 절대적 관계가 아닌가요? 절대적 관계는 합방을 따로 생각해서는 안 된다고 봅니다."

"…!"

"저의 몸은 언제든지 선생님 것이고, 선생님 몸은 저의 것이 아닌가요? 그래서 오늘 밤은 결혼 첫날밤이기도 한데, 저의 몸 전부를 선생님에게 드리는 것이니, 아끼지 말고 다 써먹으세요."

"…?"

"제가 선생님 몸이 필요해서 요구할 때는 싫다 말고 다 주시고 말이에요. 젊었을 때만 그러는 게 아니라고 저는 생각합니다. 제가 지금 선생님에게 무슨 얘기를 하고 있는지 아시겠지요, 선생님?"

신부 서옥숙도 신랑의 어려움을 모를 수 있겠는가. 전처가 1년이 넘도록 누웠다 떠났다면, 그동안 남편은 합방을 못 해 얼마나 힘들었겠는가. 전에야 결혼을 종족 번식의 목적에서 했는지는 몰라도, 오늘날의 결혼은 따지고 보면 합방의 자유를 얻자는 데도 있지 않은가. 그런 생각이 들어 신랑의 옷을 벗기기는 했지만, 신랑이 적극성을 띠지 않고 어정쩡하고 있는 지금의 상황….

언젠가 잠깐 방영된 TV 장면이 생각난다. 자식을 빨리 가지라는 의미겠지만, 나무를 깎아 만든 남성들 상징을 다발로 엮어 스님들의 묵주처럼 여자가 만지고 있지 않은가. 성인들조차도 만망한 것을 방영까지 하다니….

그래서는 아니겠지만 자연일 수 있는 성을 사회질서 차원에서 법리적으로만 옥죄다 보니, 부작용이 엉뚱한 데서 터질 수도 있다. 그래서 그랬는지는 몰라도, 간음죄를 폐지하지 않았는가. 외각으로 나가보면 '모텔' 천지인데, 모텔 이용객들마다 다 부부들이 아님이 설명까지 필요하겠는가.

오늘날의 성 문제가 여기까지 왔다. 성을 따지자면 종교라는 미명하에 성을 억제하려는 태도는 종족 번식과 관련해 죄악은 아닐까. 앞에서도 언급했지만 참 신부이고 싶다면 거세부터 하시라. 그렇지 않고는 각선미들이 속눈으로만 보여도 죄를 짓게 되는 원인일 수도 있을 테니….

부부는 부부로서의 합방 자유자다. 여기서 나무아미타불 관세음보살이, 사도신경이 필요하겠는가. 합방 순간만은…. 그러니 주어진 성을 아름다움으로 승화시키라. 창조된 성이니, 사회질서를 문란시키는 건지 아닌지를 고려해서 말이다. 돈 앞에서는 그 무엇도 상관

없는지, 쓸 만한 성으로 고쳐주겠다는 광고문이 거리마다 버젓이 걸려 있다. 그것을 찬성하자는 말은 아니나, 부부는 갖가지 기교로 상대를 만족시키라고 말하고 싶다.

이것이 부족하다 보니 바람을 피우게 되는 경우가 적지 않은가 싶다. 합방 불만족으로 바람피우다가 들키는 날엔, 야구 용어로 삼진 아웃제도 아닌 원아웃제를 택해 남남으로 갈라서는 경우가 적지 않음을 어렵지 않게 본다. 사실인지는 본인들만 알겠지만, 이혼 이유가 합방 불만족일 수도 있는데, 성격차이라는 말로 얼버무려서는 곤란하지 않은가. 남성들은 합방 불만족으로 바람을 피울 수밖에 없다면, 남성으로 태어난 것을 원망해야 할지도 모르겠다.

서옥숙은 생각을 바꾼다. 합방을 다룸에 있어 어떻게 다루어야 하는지는 이론적으로나마 고교 시절 듣기는 했다. 하지만 사실까지는 아직이다. 그래서 신랑 품으로 파고든다. 그렇지만 신랑은 크게 반기는 것이 아니라, 마지못해 엉거주춤한다. 그러자 아내 서옥숙은 적극성을 띠어보라고 말한다. 신랑 전기선 선생은 이거야 정말, 아가씨, 아니, 아내가 시키는 대로 하려고 해도, 하늘나라 간 아내 같지 않은데 어쩌라고….

"고교 때 성교육을 받았는데 강사가 그러대요. 남자의 성은 공격적이면서 시각적이고, 여자의 성은 정적이면서 감각적이라고. 강의를 들을 때는 그런가 보다 흘려들었는데, 막상 선생님과 이러고 보니 강사의 말이 사실인 것 같네요."

"…?"

아이를 셋이나 낳고 아내는 그렇게 떠났지만, 생각해보면 아내와의 합방은 성이라는 개념보다 아이를 두려는 데 비중이 있었다. 그랬기에 합방도 간절할 때만 다가갔는데, 거기다 대고 신부 서옥숙은 한 번도 들어보지도 못한 합방 이론까지 펼치다니… 지금 내 품으로 다가오는 아내는 합방을 위함이 아니다. 분명 내 맘을 위로하자는 데 있을 것이다.

그러니 아내는 사람이 아니라 천사다. 그렇지만 살다가 보면 맘에 들지 않는 일이 얼마든지 있을 수 있어서, 맘에 안 들 땐 그동안 고마웠다는 통보만 남기고 나 몰라라 멀리멀리 떠나갈지도 모르지 않는가. 신랑 전기선은 그런 생각에 어정쩡하다. 하지만 서옥숙은 남편의 생각과는 달리, '나는 당신의 아내'라는 확신을 심어주기 위해, 좋아서 산다는 의미로 합방 얘기를 좀 구체적으로 했고 실제로도 그러하다.

"내가 싫으면 마는 것이 합방이라고 누구는 말할지 몰라도, 그래서야 어디 온전한 부부라고 하겠어요?"

아내가 그렇게 해도 뜨거워지지 않는 합방, 이웃동네 아가씨로만 생각되는 합방, 그런데도 아내는 적극성까지 띠고 있다니. 고교 시절 성 얘기를 들었다 해도 상대가 없었을 텐데, 사별한 아내와는 다르다. 현대 여성이라서 그런 건가.

성에 있어 이렇게 하는 것이 자연이라면 자연일 테지만, 인간으로 탄생하자고 해도 달콤한 재미가 없이는 불가능하지 않겠는가. 물론 가임 시기일 때 강간으로도 임신이 가능하겠지만 말이다. 부부의 정사는 법률적으로도 허락된 정사이지만, 언제 멀리 떠나갈지도 모르는 그런 아내, 막상 떠나가버린다고 해도 잘 가라고 보내주어야 할

정말 아리따운 아내, 외박하고 들어와도 어디서 자고 오느냐고 묻기
도 어려울 그런 아내.

지금으로 봐서는 그럴 리는 없겠지만, 사람의 맘은 본인도 모르는
것. 혹 남편이 싫어져 다른 남자와 바람을 피운다 해도 그러려니 해
야 될 아내다. 그렇게 보면 아내에 대해서는 어쩌면 맘 편하게 생각
할 수도 있다. 아내가 너무도 젊어 부부가 아닌 부녀간으로 볼지도
모르는 그런 아내, 그렇지만 누구에게나 밝은 모습으로 벌써부터 칭
찬이 자자한 아내. 아무리 생각해도 자신과는 전혀 어울릴 수 없는
그런 아내.

그렇게 사는 동안 아이들은 청년이 되어 아내에게 어머니, 어머니
하면서 얼마나 잘했는지 모른다. 전기선 선생은 생각할수록 고맙고
흐뭇하다.

'얘들아, 네 엄마가 어떤 분인지 알겠지? 너희들을 낳아준 엄마는
나 없이도 잘살아갈 수 있겠느냐는 걱정의 말도 남기지 않은 채 주
검이라는 옷을 입고 하늘나라로 떠나버렸다. 홀로 된 아빠로서는 너
희들을 도저히 키울 수가 없어 고아원으로 보낼까도 생각했다. 그런
처지에 내몰린 우리 가정을 어느 날 서옥숙이라는 아가씨가 다가와
엄마가 되어주어 오늘을 있게 해주었다.'

이런 생각을 하며 남편 전기선 선생은 아니, 전기선 장로는 과거
에 젖는다.

자식들로서는 아버지 말씀이 아니라도, 얼마간이 아니라 주어진
생이 다할 때까지인 평생 문제라, 어느 누구도 감당해내기 어려운
일을 지금의 엄마가 감당해냈다는 걸 안다. 친자식은 아닐지라도

자식들로부터 어찌 감사합니다 하는 소리와 대접을 받지 않을 수 있겠는가.

회갑연에 배달된
편지

지금은 회갑연이 없다시피 하지만, 얼마 전까지만 해도 회갑연은 생활 형편 정도에 따라 괜찮은 장소에서 베풀곤 했다. 서옥숙도 잘 키워준 아들들이 회갑연을 베풀어주어 고마운데, 아들들은 오늘을 위해 특별하게 준비한 것이 있는가 보다. 행사 진행자는 진행 순서지를 받아 들고 마이크가 잘되는지 이렇게 입을 연다.

"오늘 회갑을 맞으신 서옥숙 권사님께 사회자가 먼저 축하부터 드리겠습니다. 서 권사님은 에덴교회를 섬기시는 권사님이기도 해서, 섬기시는 교회 담임 목사님도 이 회갑연 자리에 참석하신 줄로 압니다. 이 자리에 참석하셨으면 단상으로 올라오시겠습니까?"

에덴교회 담임목사는 기다렸다는 듯 단상으로 오른다.

"안녕하세요? 저는 에덴교회 담임 목삽니다. 서옥숙 권사님과 같은 교회를 섬기는 목회자로서 이런 귀한 자리에 초대받은 것을 진심으로 감사드립니다. 오늘 이렇게 회갑을 맞으신 서 권사님, 회갑연을 축하드립니다.

서 권사님은 회갑이 되셨지만 지금도 너무나 고우십니다. 이렇게 고우신 걸 보면, 평소에 어떻게 살아오셨는지 서 권사님 모습에서 읽어볼 수 있습니다. 힘들다는 생각으로 사셨다면 지금의 모습이 아닐 것입니다.

서 권사님이 그동안 살아오신 이력을 다 말씀드리기는 시간상 어려워서, 아는 대로 조금만 말씀드리겠습니다. 서 권사님은 누구도 흉내 내기조차 쉽지 않은 숭고한 삶을 사신 분이십니다. 서 권사님과 같은 교회를 섬기는 목회자로서 무슨 말로 감사의 말씀을 드려야 할지 생각이 잘 떠오르지 않습니다.

서 권사님이 어떤 분이신지, 에덴교회는 비교적 대형교회라 성도 수가 많아 다른 데 신경을 쓰느라 잘 알진 못했지만, 회갑연 초대를 받고서야 서 권사님이 어떤 분이라는 것을 알게 되었습니다. 서옥숙 권사님의 삶은 소설로나 쓸 수 있는 삶이 아닐까요. 이런 분이시라는 사실을 알게 된 담임 목회자로서 오늘의 회갑연은 두고두고 자랑거리가 될 것 같습니다.

이런 자리가 있기까지는 시간적으로 사십여 년이라는 세월이 흘렀네요. 서 권사님 결혼식 때 주례를 맡아주셨던 목사님이 소천하셔서 지금은 안 계시다는 것이 아쉽습니다. 그 목사님이 이 자리에 계신다면 얼마나 감동스러워하실까 하는 생각이 드는 순간입니다. 그때 사정을 듣기만 한 후임 목사지만, 그렇습니다. 서 권사님, 담임 목회자로서 권사님의 남은 생애도 하나님께서 늘 함께하실 줄 믿고, 교회 담임 목회자로서 하나님께 감사의 기도를 드리겠습니다. 이 자리에 참석하신 하객 여러분들께서도 제가 드리는 기도에 아멘으로

답해주시면 고맙겠습니다."

"하나님 아버지, 오늘 회갑을 맞으신 서옥숙 권사님을 뵈니, 같은 교회를 섬기는 목회자로서 얼마나 감격스러운지 모르겠습니다. 이런 귀한 자리에 참석할 수 있도록 시간을 허락해주심을 하나님께 감사를 드립니다.

오늘 이렇게 회갑을 맞으신 서옥숙 권사님은 그 누구도 흉내 내기조차 어려운 숭고한 삶을 살아오셨고, 지금도 그런 삶을 살아가고 계십니다. 곧 하나님께서 바라시는 삶 말입니다. 서옥숙 권사님의 삶은 우리가 살아가는 사회의 모델이 아닐까 하는 생각도 다 듭니다. 저는 믿습니다. 오늘 이 회갑연 자리가 그냥 치러지는 시간이 아니라, 이 회갑연 자리를 빛내주시기 위해 참석하신 분들이 서 권사님이 살아오신 삶의 감동을 한 아름씩 안고 가게 되는 자리가 되게 하실 줄 믿습니다.

사회에서 일어나는 부정적인 면만 그동안 본 것은 아니나, 오늘 이 시간 긍정적인 면을 보게 되어 얼마나 감사한지 모르겠습니다. 하나님 아버지! 누구라고 긍정적인 삶을 싫다 하겠습니까마는, 다양하게 살 수밖에 없는 사회구조상 부정적인 면도 보고 살아갑니다. 그렇지만 우리는 어떻게 살아가야 하는지를 오늘 서옥숙 권사님이 우리에게 보여주고 계십니다. 서 권사님을 하나님께서는 늘 지켜주시기 바랍니다.

남편이신 전기선 장로님도 늘 지켜주시고, 아드님들도, 자부들도, 손주들도 늘 지켜주시고, 이 자리에 참석하신 하객 여러분들에게 하나님의 은혜로 채워주소서. 예수님 이름으로 기도 합니다. 아멘."

회갑을 맞은 서옥숙 권사는 담임 목사님이 너무 치켜준 것 같아 어색한가 보다 그렇지만 그대로 앉아 있지 않고 담임 목사에게 다가가 두 손을 모아, '목사님 고맙습니다'라는 뜻의 배꼽 인사를 한다.

"목사님 감사합니다. 이제는 순서대로 세 아들들이 어머님께 큰절 드리는 시간을 갖겠습니다. 어머님 앞에서 오른쪽부터 큰아들 차례로 서서 어머님께 인사를 드리십시오."

사회 진행자가 그렇게까지 설명을 안 해도 되는데, 아들들은 그런 생각으로 어머님께 인사를 드린다. 어머니 서옥숙도 맞절까지는 아니지만, '그래 고맙다' 하는 듯 목례 형태를 취하고 곧 일어나 세 아들들에게 다가간다. 그리곤 끌어안다시피 등을 어루만진다. 그 장면을 보는 남편 전기선 장로 눈가에는 고마움의 눈물이 고인다.

"차례로 이번에는 세 며느님들도 인사를 드리십시오."

세 며느리들은 한복 차림으로 큰절로 인사를 드린다. 옷이 더러워질 것을 대비해 방석을 깔아놓았는데, 그냥 방석이 아니라 꽃방석이다. 서옥숙 권사는 아들들처럼 다가가 끌어안고 등을 어루만진다.

"이제는 손주들 다 나와 할머니께 인사!"

손주들도 할머니께 큰절을 한다. 둘째 아들 막내 손주는 초등학교 3학년인데, 개구쟁이라서 그러겠지만 인사도 낄낄대며 한다. 할머니 서옥숙은 역시 손주들 한 녀석 한 녀석의 얼굴을 만지며 볼에다 입맞춤한다. '그래, 나는 너희들의 할미야. 고맙다. 앞으로 훌륭한 사람이 되거라' 하는 덕담의 입맞춤이겠지만, '너희들은 청년이 될 때 오늘 회갑을 맞은 이 할미는 한참 노인이 되어 있겠지?' 속맘은 그것이 아닐까.

"이제는 남편 되시는 전기선 장로님께서 감사패를 준비하셨다니, 감사패 증정식을 갖겠습니다. 장로님 이쪽으로 오십시오."

남편 전기선 장로는 오늘이 있기까지를 생각하면 가슴이 벅차올라 조금은 떨리시는가 보다. 감사패를 들고 잠시 눈을 감는다.

"여보, 아니, 서 권사님, 당신에게 나 전날로 돌아가 말하겠소. 열아홉밖에 안 된 아가씨가 느닷없이 '선생님만 싫지 않으면 당장 결혼하겠다'고 졸라대서, 힘든 사람 염장 지르는 말 하지 말라고 쏘아붙였소. 그랬지만 결국에는 결혼식을 치렀고, 내 아내로, 우리 아이들 엄마로 살아주었소, 지금도 그렇게 살아주고 있지요. 그때는 뭐가 뭔지 감이 잡히지 않는 맘 상태로 결혼식을 치르기는 했지만, 오래오래 살아줄 것이라는 믿음은 단 얼마도 갖지 않았소. 그것은 당신이 젊기도 하지만 너무나 예뻤기 때문이었지요. 저런 아가씨가 두 살 터울 올망졸망한 세 아이들을 친엄마처럼 키운다는 것은 어림도 없다는 생각 때문이었소. 세 녀석들이 대학생이 되기까지도 그런 생각이었소. 그런데 세 아들들을 한 녀석도 곁길로 가지 않게 당신은 키워주었소. 축하하기 위해 오신 손님들 앞에서 말하기는 좀 그러나, 당신은 사람 옷을 입은 천사임이 분명하오. 회갑은 그만큼 늙어간다는 의미기에 축하한다는 말은 못 하겠고, 오래오래 건강이나 합시다. 여보, 고맙소. 남편 전기선."

남편 전기선 장로는 떨리는 목소리이기는 하지만 고등학교 선생님 이력은 아직 살아 있어서 그런지, 시 낭송하듯 하신다. 회갑을 맞은 서옥숙은 남편에게 다가가 끌어안는다. 그렇게, 그렇게 살다 보니 사십여 년이나 지났지만, 과거가 회상되는지 눈가에 이슬도 맺

한다. 그래, 회갑을 맞게 된 이 시점에서 전날의 감회가 어찌 떠오르지 않겠는가. '남의 자식을 잘 키우려면 애를 낳지 말아야 한다는 생각 때문에, 애를 낳을 수 있는 데도 낳지 않아 내게는 살붙이가 없다. 아들들을 잘 키워주어 고맙다는 남편의 감사의 말도 고맙지만, 마음 한 구석엔 친자식들이었다면 얼마나 좋을까' 하는 생각이 겹친다.

"이번 순서는 큰 아드님도 큰 며느님도, 막내 아드님도 어머님께 드리는 편지를 써오신 줄로 압니다. 큰 아드님. 큰 며느님, 막내 아드님 순서대로 읽어드리는 시간을 갖겠습니다. 큰 아드님부터 앞으로 나오십시오."

큰아들 상준이는 하객들에게 고개를 깊이 숙여 인사부터 한다. 아마도 '우리를 낳아주신 엄마는 병마를 이기지 못하고 세상을 떠나시게 되어, 아버지 혼자서는 도저히 키울 수 없어 고아원에 맡겨질지도 모르는 처지에 놓인 우리 삼형제를 친 아들처럼 키워주셔서 고맙습니다. 이렇게라도 인사를 드리고 싶어 어머님 회갑연을 가졌는데, 생각보다 많은 삼백오십여 명이나 참석해주셔서 정말 감사합니다'라는 의미의 인사일 것이다.

"어머님, 고맙습니다. 고맙습니다라는 말보다 더 좋은 말이 없을까 생각해봐도 더 좋은 말을 찾지 못해, 이렇게만 인사의 말씀을 드립니다. 제가 어렸을 때 기억으로, 저는 초등학교에 막 들어갔고, 막내 동생은 기저귀도 떼지 못한 상태였죠. 그럴 때 친엄마는 병마를 이기지 못하고 세상을 떠나셨고, 아버지께서는 어쩌지 못해 얼마나 암담하셨겠습니까. 초등학교를 막 들어간 큰 아이를 포함해 두 살 터울로 태어난 올망졸망한 이 세 아이들을 아버지 혼자로서는 도저히 키워낼 수 없을 것 같아, 고아원으로 보낼까 생각도 해보셨을 것입니다. 물론 여쭤보지는 않았지만요. 그렇지만 사랑하는 내 자식들을 고아원으로 보낸다는 것은 너무도 무서운 일 같아, 고아원 말고 다른 방법은 없을까 하고 고민도 하시고, 잠자리에서 울기도 하셨을 것입니다.

다 지난 일이지만, 그때는 이 애들을 어떻게 키울까 아무리 생각해봐도 길이 보이질 않아 너무도 암담해서 울 수밖에 없었노라고 하는 말씀을 아직도 않고 계시지만, 그러셨으리라 짐작이 필요 없을 것 같습니다. 우리 삼형제들이야 아버지께서 그러시는 줄도 모르고, 아니, 알 필요도 없이 밥만 먹으면 철딱서니 없이 동네 아이들과 갖가지 놀이도 했던 것 같습니다.

그러던 어느 날 어머님께서는 아가씨 모습으로 우리 형제들을 껴안으셨습니다. 다른 생각은 희미하나, 어머님께서 우리 형제들을 껴안으셨던 기억만은 생생합니다. 저는 초등학교를 막 들어가 말귀를 알아들을 수 있는 여덟 살이기에, 어머님께서 하시는 말씀을 귀담아 듣기도 했던 것 같습니다.

그랬지만 우리 형제들은 대학생이 되기 전까지는 엄마라고 안 불렀습니다. 어머님이 결코 싫어서가 아니었습니다. 어머님은 너무도 젊으셔서 큰아들인 저보다 열한 살 나이 차이밖에 나지 않았죠. 그래서 누나라는 호칭은 그런대로 괜찮지만, 엄마로 부르기가 너무도 어색해서 그랬습니다. 이런 말을 청년 때 드릴 수도 있었지만 못 하다가, 오늘에서야 비로소 잘못했다는 고백의 말씀을 드립니다.

어머님, 우리 형제들은 어머님이 얼마나 예쁘신지, 선생님께도 학교 친구들에게도 우리 누나라고 자랑하고 싶었습니다. 늘 그런 맘인데, 동생들 데리고 학교 운동장에 늘 오시던 우리 누나가 눈에 안 보이면 오늘은 안 오시나 해서 학교 문 밖을 쳐다보곤 했던 기억이 납니다. 집에 같이 있을 때야 괜찮지만, 어디 가실 느낌이면 '우리를 떼놓고 가시려나?' 조마조마해서 웬만한 곳은 졸졸 따라 다녔던 것 같습니다.

물론 어머님께서도 우리 형제들을 데리고 다니기를 좋아하셨던 것 같고요. 어머님께서야 우리 형제들이 사랑스러워 그러셨겠지만, 우리 형제들은 어머님이 너무도 예뻐서, '우리 누나처럼 예쁜 사람 있으면 한번 나와보라고 해' 하며 자랑하고 싶어 졸졸 따라다녔음도 지금의 기억입니다.

누구는 친엄마도 아닌 남의 엄마 밑에서도 비뚤어지지 않고 잘도 컸다고 말할지 몰라도, 이렇게 좋으신 어머님이 계시는데 어떻게 곁길로 가겠으며, 학교에 가거나 집에 오거나 어찌 즐겁지 않았겠습니까. 아버지께서는 우리들의 그런 모습을 보시고 차분한 마음으로 학생들 공부도 잘 가르치셨겠지만, 저희들도 공부가 신이 났습니다. 공부가 신이 나니 성적이 오를 것은 당연해서 좋은 대학에 들어갔고, 대학에서도 전액 장학생으로 공부했고, 그렇게 해서 지금은 교수까지 되었다고 저는 생각합니다.

사람을 키운다는 것은 몸만이 아니라 정신세계까지도 키워야 하는 건데, 어머님께서는 그런 교과서 이상으로 저희들을 키워주셨습니다. 그렇게까지 하신 어머님의 은혜를 아직도 맘에만 두고 있을 뿐, 실제로 보여드리지는 못하고 말만 하는 것 같아 죄송합니다.

저도 어느새 올해로 오십이라는 나이가 되었고, 대학에서 강의를 하고는 있지만 사람으로서 어떻게 살아야 하는지는 이론으로 해석하는 것이 아니라는 사실을 어머님께서 보여주셨다고 생각됩니다. 오늘 이렇게 어머님의 회갑연을 갖지만, 어머님을 뵈면 전날의 예쁜 모습이 점점 줄어드는 것 같아 큰 아들로서 안타깝다는 생각이 자꾸만 듭니다. 그렇지만 어머님, 아프지 말고 오래오래 건강하십시오.

큰아들 전상준 올림."

어머님께 드리는 편지를 읽고 서옥숙 권사 앞으로 다가가, 큰절은 아니지만 다시 한 번 고개를 깊이 숙인다. '어머님, 정말 고맙습니다'라는 의미의 진정한 인사일 것이다. 어머니 서옥숙 권사도 '그래, 그때 내가 그랬었나. 기억해주어서 고맙다'라는 의사표시인지, 큰아들 상준이를 껴안는다.

그렇다. 편지 내용대로 가정의 기둥은 어머니고, 아버지는 가정의 대들보다. 대들보는 기둥에 의지할 수밖에 없다. 외부 압력에 부딪히거나 무엇이 맞질 않아 기둥이 넘어지기라도 하면, 대들보가 큰소리칠 수 있겠는가. 큰아들 편지에서 말했지만, 올망졸망한 세 아이들을 아빠 혼자 키워낼 수 있었겠는가. 그렇게 보면 누가 뭐래도 다 무너진 전기선 장로의 가정을 지금의 서옥숙 권사가 보란 듯이 세워준 것이라고 아니할 수 없다. 정말 훌륭하다. 진행을 맡은 사회자도 350여 명의 하객들도 그런 생각으로 지켜보는가 싶다. 박수다. 이런 박수는 인간사회를 살찌게 하는 박수가 아닐까.

"그러면 차례로 큰 며느님도 회갑을 맞으신 어머님께 드릴 편지를 써오셨다면 앞으로 나오십시오."

며느리는 역시 며느리인가 보다. 특별한 때나 입는 한복 차림이지만 가볍게 걸어 나온다. 어딘가 모르게 자식들만 같지 않아 보인다.

"어머님, 오늘 같은 날이 있으리라는 생각을 미리 가지셨는지 몰라도, 따지고 보면 회갑연은 반갑지만 않은 날이실 것 같습니다. 회갑이란 젊어서가 아닌데, 어디 반가울 수가 있겠습니까. 그렇지만 어머님께서 살아오신 이력을 들여다보면, 맏며느리지만 같은 여성으로서 어떻게 그렇게 살아오실 수 있었을까, 감히 상상도 못 할 일이라 고개가 절로 숙여집니다.

아범의 생모이신 어머님은 상상도 못 했던 병마로 인해 결국 쓰러지고 말았고, 그로 인해 남편이신 아버님의 가정에 어두운 그림자가 덮쳤습니다. 이렇게 최악의 상황으로까지 내몰린 아버님께서는 그동안 연습도 못 해본 일이 벌어져 어찌할 바를 모르고 눈물만 흘리고 계셨을 것은 짐작이 필요 하겠습니까. 아버님께 그때 그러셨느냐고 여쭤볼 필요도 없이…

아범의 생모께서는 올망졸망한 세 아이들을 그대로 두고 떠나셨으니, 아버님 입장에서 보면 집안 기둥이 넘어진 것이죠. 다시 세울 수도 없어 어찌할 바를 모르고 있을 때, 어머님께서는 쓰러진 기둥을 보란 듯이 일으켜 세우셨습니다. 그래서 저도 어머님의 삶을 모델로 삼고자 애쓰다 보니, 남편으로부터 '당신은 천상 내 아내야' 하는 대접도 받습니다.

그것을 보신 어머님께서는 '그래, 그렇게 살아야지. 고맙다' 하실지 몰라도, 그런 생각과 행동이 어디서 나왔겠습니까. 어머님처럼은 못 살아도 전 씨 가문 맏며느리라는 생각으로 임하다 보니 동서들이 형님, 형님, 그러기도 하네요. 그런 말을 듣고자 해서는 아니지만, 동서들이 얼마나 고마운지 몰라요 어머님, 저는 어머님도 좋지만 우리 동서들이 엄청 좋아요, 그래서 이 자리에 참석하신 하객 분들에게도 자랑하고 싶어요. '동서들은 그동안 어디에 있다가 내 동서가 된 거야?' 어머님 저는 이렇게 행복한 며느리입니다.

그래서 저는 어머님의 맏며느리가 된 것을 최대의 축복으로 생각합니다. 다들 아는 얘기지만, 그 집안이 잘되고 못 됨의 성쇠는 맏며느리에게 달렸다고 합니다. 그런 말을 저는 심각하게 고민합니다. 어머님, 어머님의 손주들은 오늘을 보고 있습니다. 무얼 보고 있겠습니까. 우리 할머니가 이렇게 훌륭하시구나. 그런 생각으로 보고 있지 않을까요. 어머님 앞에서 아는 척하는 것 같아 조심스럽지만, 사람으로서 사회에서 대접 받는 일은 본성만으로는 어렵다는 말을 들은 것 같습니다.

숭고한 심성이든 그렇지 못한 심성이든, 물려받게 되는 유전적 요인이 큰데, 삶의 습관은 부모님으로부터 이어질 것으로, 어머님의 숭고하신 심성이 우리들로만 끝일까요. 결코 그렇지 않을 것입니다. 어머님의 손주들, 더 나아가 이 자리에 참석하신 분들에게까지도 바이러스가 될 것이라는 믿음입니다.

저는 현대 드라마를 보고 싶어도 시간이 모자라 볼 수도 없지만, 어쩌다 보게 되면 삼각관계니 뭐니 등, 삶에서 있어서는 안 되는 부정적인 면만 보게 됩니다. 긍정과 부정은 충돌의 언어로, 긍정이 사람을 살린다면, 부정은 그 반대의 결과를 가져오지 않을까요.

저는 도덕 과목을 가르치는 교사 입장에서 도덕이란 무엇인가도 생각하게 되는데, 도덕은 종국적으로 행복에 목적이 있는 것 같습니다. 그런 행복이 바로 내 앞에 있음에도 우리는 멀리서 찾지 않나 싶기도 합니다. 행복은 이론으로는 불가능해서, 그것을 부모가 가정 평화로 보여주는 것을 말함이라면, 그것을 어머님께서 몸소 보여주고 계십니다. 어머님의 숭고하신 심성을 아범이, 제가 이어받아 살아갈 각오입니다. 사회 변화 속도는 예측 불허이지만, 사람의 심성은 생각을 어디다 두느냐에 따라 예측이 가능하지 않을까요?

아무튼 어머님께서는 지금도 곱다는 말을 들으실 만해서 이 며느리는 어머님과 단 둘이 여행도 하고 싶기도 합니다. 아직도 고우신 어머님을 언제까지 곱기만 하시라고 세월은 그냥 놔주질 않을 것 같아 세월이 밉기까지 합니다. 그렇지만 어머님, 내내 건강하십시오. 큰 자부 함영숙 올림."

서옥숙은 큰아들을 껴안았을 때처럼 맏며느리에게도 다가가 껴안는다. 그래, 같은 여성으로서 누구도 해낼 수 없는 일을 해냈다고 귀감이 된다고 생각할지 모르겠지만, 그냥 살아온 결과가 좋아졌을 뿐이다. 너희들로부터 받는 오늘의 대접이 네 아이들에게도 효과로 나타나기를 바라는 맘이다. 현대 사회에는 순전한 맘을 노리는 악의 세력들이 곳곳에 있음을 기억했으면 한다. 아무튼 고맙다는 생각인지, 큰아들 상준이를 바라본다. 큰아들 상준이도 아내가 읽어드린 편지 내용을 들으면서 '그래, 당신도 고마운 아내야.' 그러지 않았을까.

"이번에는 막내아드님 차례입니다. 앞으로 나오십시오."

막내아들은 엄청 감격스러운가 보다. 편지를 읽기 전부터 눈물이 글썽거린다. 어찌 그러지 않겠는가. 엄마가 너무도 그리울 때 세상에서 제일 예쁜 누나가 초등학교에 들어가서까지도 친엄마처럼 품어 재워주곤 했는데…. 하객들에게 먼저 인사드리고 어머니께 차례로 인사를 드린 후, 신사복 안주머니에서 편지를 떨리는 손으로 꺼낸다. 그렇지만 곧바로 읽지 않고 연세 드신 아버지도 형들도 형수들도 하객들도 번갈아 보면서 한참 뜸을 들이다가 읽는다.

"어머님, 아니 엄마, 막내아들 상호 인사드립니다. (그러고 또다시 인사를 깊숙이 드린다.) 엄마, 저는 너무 어렸을 때라 생각이 안 나 나중에 아버지로부터 들었지만, 엄마 품에서 잠들곤 그랬다는데 엄마, 진짜야? 아니, 아버지 말씀인데 어찌 믿지 못할 것이며 엄마의 숭고하심은 누구도 따라하기 어려울 정도로 우리 삼형제를 지금까지도 아껴주시는데 못 믿을 수가 있겠습니까마는, 엄마, 사랑합니다.

언젠가 말씀해주신 것 같은데, 엄마 심장박동과 이 막내아들 심장박동이 결과적으로는 오늘을 있게 했다고 엄마는 말씀하시지만, 저는 엄마가 얼마나 좋은지, 엄마가 저를 두고 형들만 데리고 갈까 봐, 아니, 형들에게 빼앗길까 봐 학교 말고는 줄곧 엄마 곁에만 있고자 했던 기억이 있습니다.

엄마, 이 막내아들 심장박동과 숨소리가 그리도 좋으시던가요. 아버지와 결혼하시고도 저를 품어 재우실 때 아버지께서는 서운도 하셨을 텐데, 아버지께서는 말씀이 없으시던가요? 그래요, 아버지께서는 어린 세 아들을 위해 살아주겠다고 결혼까지 했는데 그것만으로도 고마워하셨으리라는 짐작이지만, 기억으로는 맨날 저만 품어주신 것 같습니다.

엄마가 그렇게 해주셨기에 학교에 가는 것도, 동네 친구들과 노는 것도 신이 났었던 것 같습니다. 초등학교 4학년 땐가였죠. 상호 네가 지금은 초등학생이지만 곧 청년이 될 건데, 그때는 어떤 사람이 되고 싶으냐고 엄마가 물으셨을 때, 저는 엄마를 사랑하겠다고 그냥 현실을 말했던 것 같습니다. 엄마는 그게 아니라 꿈을 물으셨지만, 거기까지 이해하기는 어려워 '엄마가 너무도 좋아' 그렇게 대답했으리라는 게 지금의 생각입니다.

누구는 그러대요. 젊은이라면 꿈을 꾸어야 한다고. 맞습니다. 맞지만 꿈보다 더 중요한 것은 어떤 일에 있어서 기필코 해내고야 말겠다는 추진력이라고 저는 생각합니다. 정부에서는 청년실업 문제에 있어 방법을 찾느라 고심 중인가 본데, 취업 준비생들에게는 미안한 얘기가 될지 모르겠으나, 일터는 곳곳에 널려 있습니다. 그런데도 당장 달콤한 화이트칼라 직만 찾으려다 보니, 청년실업이 위험 수위에까지 이르렀다고 저는 봅니다.

엄마도 우리 회사 사장님의 배려로 제가 근무하는 사무실을 구경하셨죠. 저는 회사 상무 직이라 작업 현장에서 기계를 조작하거나 그렇지는 않아도 회사에서 일하는 사람들에게 회사는 단순히 돈만 버는 곳이 아니라는 것을 느낌을 갖게 사원들에게 가르치기도 합니다. 이렇게까지 할 수 있게 된 건 저절로 된 게 아니라, 엄마가 심어주신 용기 때문이라고 저는 생각합니다. 엄마는 따뜻하게 품어주시기도 했지만, 긍정을 심어주셨습니다. '다른 애들은 몰라도 너는 할 수 있어. 한 번 해봐, 네 형들은 공부도 신나게 잘하고 있어서 고맙지만, 너는 네 형들보다 더 잘할 수도 있어. 잘하겠다는 욕심이 네 얼굴에 쓰여 있는 것처럼 보여서 그래. 나는 너를 믿어, 아무리 애를 써도 안 될 땐 누군가가 돕고 싶은 사람이 나타날지도 모르지 않니. 사람의 맘은 무언가를 위해 애쓰는 사람에게 생각이 가게 되어 있다고 하더라.' 다 기억은 못 하나 그 말씀이 제 가슴에 꽂혔다고나 할까요. 오늘의 제가 있게 한 원동력이라고 저는 생각합니다.

보통 엄마들처럼 그냥 먹여주시고 남들 하는 대로만 키워주셨다면, 돈만 버는 지극히 평범한 회사원밖에 더 되었겠습니까. 엄마, 이제 꿈이 생겼습니다. 지금이야 회사 상무이지만, 저는 지금의 회사를 더 키워 명실상부한 대기업 반열에까지 올려놓을 꿈을 꾸고 있습니다. 이 꿈이 이루어질지는 넘어야 할 산이 많고, 전혀 예상치 못한 복병이 나타날 수도 있어 장담할 수는 없겠죠. 하지만 그렇게 못해도 그냥 꿈만이 아님을 엄마께 곧 보여드릴 각오입니다. 엄마, 그렇지만 그리도 예쁘던 엄마가 회갑을 맞으시고 보니, 막내아들로서 축하만 해드리지 못할 것 같아 안타깝습니다. 엄마, 더 이상 노인은 되지 마십시오. 절대로…. 엄마를 옆에서 지켜드리고 싶은 막내아들 전상호 올림."

막내아들도 편지를 읽어드리고 엄마에게 다가간다. 덩치가 엄마보다 두 배나 큰 아들이. 서욱숙 권사는 막내아들 편지 내용을 들으면서 전날의 일들이 어찌 떠오르지 않겠는가. 이렇게 잘 자라준 것도 모자라, 앞으로 굴지의 기업을 만들겠다는 각오까지 말하다니…, 내가 키워준 아들들이 곁길로 빠지지 않고 이렇게 당당하다니…. 고맙고 장하다는 눈물까지 내보이면서 막내아들을 한참 껴안는다.

"그래, 막내 너야, 네 살밖에 안 된 아이로 간단한 말만 할 줄 아는 너무 어렸을 때 일이라 기억에 없겠지만, 너희들에게 필요한 것이 있으면 사주라고 아버지께서 돈을 주고 가셔서, 그걸 가지고 무얼 만들어 먹어야겠다는 생각으로 시장에 갔다가 네 손을 놓친 거야. 다행히도 찾기는 했지만, 그때를 생각하면 지금도 무섭다. 시장에 갔다가 곧 올 테니 너희들은 어디 가지 말고 집에만 꼭 있어야 한다고 단속의 말을 두 번 세 번 했지만, 막내 너만은 떨어지기 너무도 싫어해서 어쩔 수 없이 너만 데리고 시장에 갔다가 너를 잃어버린 거야.

오래된 지금의 생각이지만, 그때 나는 죽는 줄 알았어. 시장은 사람들로 북적거리는 곳. 상인들은 자기 물건이 싸고 좋다고 소리소리 외치고, 엿판을 지게에 짊어지고 다니는 엿장수도 있었지. 그런 엿장수는 가위를 철컥철컥 소리 내면서, '부러진 숟가락도, 다 찌그러져 못 쓸 양은냄비도, 찢어져 못 신을 할머니 고무신도, 아버지께서 드신 빈 술병도 가져오면 엿과 바꿔줍니다.' 하고 외쳤지. 그러면 아이들은 또 '왔다' 하며 우르르 몰려들었는데, 막내 네 손을 놓친 그날도 엿장수가 그랬던 거야. 그래서 꼬마지만 너도 거기에 정신이 팔려 어디만큼 따라가 버렸고, 나는 사야 될 물건에다만 정신이 팔려 네 손을 놓쳤지. 그래서 어찌어찌해서 너를 찾기는 했지만, '누나, 누나!' 하며 사방을 두리번거리며 울고 있는 너를 보신 낯선 어느 할머니가 집으로 데려다놓고, '오, 누나 따라 시장에 왔다가 누나 손을 놓친 거구나. 그래, 네 누나는 곧 올 거야. 그러니 걱정 말고 이거나 먹고 있어.' 하며 너를 안심시키려 했지. 무얼 먹이려 해도 너는 없어진 누나 때문에 먹을 것은 안중에도 없고, 오로지 누나, 누나만 부르더라는 거야. 그래서 할머니는 너를 아무리 달래보려고 애를 써봐도 울음을 그칠 것 같지 않아, 너무도 난감해 파출소에다 데려다 주려던 참이었다는 거야.

지금 같으면 신고할 방법이 많고 간단하지만 전날에야 어디 그랬니. 그때는 모든 것이 부족한 때라, 아이의 손을 놓쳐 잃어버리기라도 하면 누군가가 파출소로 데려다 주기도 하지만, 찾으러 오는 가족이 없으면 다음날로 고아원으로 보내지곤 했지. 그래서 막내 너도 하마터면 고아원으로 보내질 뻔했단다. 지금 생각으로는 손을 놓쳐 잃어버렸으면 고아원에 가서 찾으면 될 걸, 그때는 왜 그랬을까 싶기도 하지만, 그때는 그랬었단다. 파출소에서는 그래도 우는 아이는 부모가 찾아갈 확률이 높지만, 울지도 않는 아이들은 부모가 버린 것으로 판단하고 곧바로 고아원으로 보내버리곤 했지. 오늘날 생각하면 거짓말 같지만, 1970년대만 해도 시장에서 손을 놓쳐 잃어버린 경우가 종종 있었단다.

다 지난 오랜 일이기는 하나, 6.25 때 헤어진 남북 이산가족 찾기 운동도 있었는데, 가족 찾기는 남북 이산가족만이 아니었다. 그래서 누구도 가족 찾기 신청을 해서 찾고 보니, 한 동네에서 남남으로 그동안 살아온 거야. 그러면 반가워야 함에도 너무도 황당해서 둘이 붙들고 얼마나 울었는지 모른다고 방송에까지 나와 말했지. 그렇게 보면 너를 잃어버리지 않고 찾은 것은 하나님의 가호가 있었기에 가능했지 싶기도 하다. 만약 그때 너를 찾지 못하고 잃어버리기라도 했다면, 나는 이미 이 세상 사람이 아닐지도 모를 일이라, 그때 일을 생각하기도 무섭다. 〈이산가족을 찾습니다〉 기록물은 KBS가 1983년 6월 30일 밤 10시 15분부터 11월 14일 새벽 4시까지 방송 기간 138일, 방송 시간 453시간 45분 동안 생방송한 비디오 녹화 원본 테이프 463개와, 담당 프로듀서 업무수첩, 이산가족이 직접 작성한 신청서, 일일 방송 진행표, 기념 음반, 사진 등 20,522건의 기록물을 총칭한다. 한반도는 세계에서 가장 오랫동안 냉전 체제가 지속되는 지역이다. 대한민국의 이산가족은 일제 강점기(1910~1945)와 한국전쟁(1950. 6. 25.)으로 인한 남북 분단으로 발생하여 약 1천만 명에 이른다. KBS는 한국전쟁 33주년과 휴전협정(1953. 7. 27.) 30주년을 즈음하여 〈KBS 특별 생방송 이산가족을 찾습니다〉를 기획했다. 이 기록물은 대한민국의 비극적인 냉전 상황과 전쟁의 참상을 고스란히 담고 있다. 혈육들이 재회하여 얼싸안고 울부짖는 장면은 이산가족의 아픔을 치유해주었고, 남북 이산가족 최초 상봉(1985. 9)의 촉매제 역할을 하며 한반도 긴장 완화에 기여했다. 또한 더 이상 이와 같은 비극이 생겨나서는 안 된다는 평화의 메시지를 전 세계에 전달했다. 이 기록물은 세계 방송사적으로도 기념비적인 유산이다. 텔레비전을 활용한 세계 최대 규모의 이산가족 찾기 프로그램이다. 총 100,952건의 이산가족이 신청하고, 53,536건이 방송에 소개되어 10,189건의 이산가족이 상봉했다. 방송 전담 인력 1,641명이 투입되고, 138일간 방송되었다. 〈유네스코 세계기록유산〉)

아무튼 그렇게 해서 늦게나마 집에 와보니 네 형들은 곧 오겠다던 누나가 한 시간이 넘도록 오질 않아 우리를 찾아다닌 거야. 이게 어떻게 된 거야? 누나가 올 때까지 어디 가지 말고 집에만 꼭 있어야 한다고 단속했건만, 너희들은 대관절 또 어디로 간 거야? 그래서 너를 들쳐업고 네 형들을 찾아 나섰지. 그런 무서운 일이 아니고 한가한 때 같으면, 너를 걸어가게 했을지도 모르겠지만, 맘이 너무도 급

해서 너를 들쳐업었지. 그런데 너는 잃어버린 누나를 찾았다는 안도감에 그랬겠지만, 내 등에서 잠이 들었어. 그래, 네 형들은 말을 할줄 알고 초등학생이라 얼마 후에 집으로 와서 맘이 놓였지만, 네 형들도 잃어버려 찾지 못할까 봐 정신이 다 나간 사람처럼 해맸단다. 그랬지만 너는 어디 가버린 형들 생각은 않고, 내 등에서 잠만 자고 있는 거야. 그래서 '요 녀석이 누나가 형들이 없어져 찾느라 애를 쓰고 있는데 너는 그것도 모르고 잠만 자고 있는 거야?' 하고 얄밉기도 했지만, 나는 너 때문에 얼마나 행복했는지 몰라. 그래서 지금은 너희들의 누나가 아니라 엄마로 이렇게까지 대접을 받지만, 잃어버렸던 너희들을 찾았는데 누군들 반갑지 않을 것이며, 엄마가 없는 너희들과 함께해야겠다는 생각이 들지 않았겠느냐. 그래서 아버지께 결혼하자고 졸라 결국에는 아버지의 아내로, 너희들의 엄마로 살아가고 있는 거야.

너희들이 내가 그토록 좋았던 것처럼, 나도 너희들이 얼마나 좋았는지 모른다. 나는 너희들이 없었으면 내 인생은 어떻게 되었을까? 그런 생각도 든다. 그래서이기도 하겠지만, 이 순간은 행복 때문에 눈물이 다 나올 것 같다. 상호야, 정말 고맙다. 너희들 때문에 오늘의 내가 있지만, 이렇게까지는 하나님께서 내려주신 최고의 축복이 아닐까 여겨진다.

아버지께서도 내게 고맙다는 감사패를 주셨는데, 나도 아버지께 감사패를 드릴 걸. 미리 생각 못 한 것이 아쉽다. 아쉽지만 집에 가면 말로라도 감사의 말씀을 드릴까 한다. 오늘은 나를 위한 회갑연이지만, 너희들도 이 세상 사람 모두가 나를 위해 존재하는가? 그런 착각까지 들게 한다. 우리 막내아들 상호야, 네 가슴은 어찌 이리도 따뜻하냐. 처음 만나 품었을 때, 네 심장박동과 내 심장박동이 요동쳤었는데, 그때 요동쳤던 심장박동이 지금까지도 그대로라니…, 이게 어떻게 된 거야. 이것은 누구도 느끼기 어려울 것 같은 인간으로서 행복의 심장박동이 아닌가 싶다.

이제는 청년을 넘어 장년이 되었기에 그때처럼 품을 수는 없겠지만, 생각은 네 살 때 그때의 품으로 되돌아 갈 수 없을까? 그런 생각도 들게 하는 순간이다. 우리 막내야! 사랑한다."

서옥숙은 벌떡 일어나 막내아들 상호 손을 붙잡고 하객들을 향해 소리 높여 만세를 부른다. "우리 막내아들 만세, 만세, 만세!"

하객들로서는 처음 보는 현상이라서 당황스러웠는지, 회갑연 장내가 숙연해진다. 그렇지만 이 얼마나 감격스러운 일인가. 이것은 인간으로서 최고의 축복 정점을 달리고 있는 순간이지 않은가. 그것을 서옥숙은 지금 뜨거운 사랑으로 맺어진 신혼부부 앞에 핀 백합화보다 더 곱게 피어내고 있는 것이다. 우리가 이런 장면을 만들 자격이 있는 자들이라고 한다면, 소설이라고 할까. 행복은 거저 찾아와 주지 않아 서옥숙처럼 인생 최고의 가치에 도전해보라고 말하고 싶은 맘이다.

여행국이라는
선물

회갑연에 참석하신 중년신사 한 분이 일어서더니 사회 진행자 앞으로 다가가 한 말씀 드리겠단다. 좋은 일일 것 같아 그러시라고 하고 어떤 분이냐고 물으니, 막내아들이 다니는 대양주식회사 대표란다.

"오늘 서옥숙 권사님 회갑연에 참석하신 하객들 중에 대양주식회사 대표님도 참석하셨는데, 대표님께서 회갑을 맞으신 서옥숙 권사님께 드릴 말씀이 있다고 하십니다."

배도 좀 나오고 해서 예전 같으면 부러워할 체격의 대양주식회사 사장이 엄청 밝은 표정으로 단상에 오른다.

"예, 저는 사회자가 소개해주신 대로 대양주식회사 대표 한상률입니다. 우리 회사 전상호 상무께서 며칠 전에 제게 와서 오늘 회갑을 맞으신 어머니 얘기를 잠깐 하면서, 저도 참석해주면 좋겠다는 말을 하셨습니다. 이에 우리 회사 상무 모친의 회갑인데 참석 안할 수 없다는 생각으로 우리 직원들과 같이 이렇게 왔습니다. 와서 보니 저는 얼마나 감동스러운지 눈물을 다 날 뻔했습니다. 물론 회갑을 맞으신 어머님에 대해 전 상무로부터 조금은 들었고, 방금 어머님께 읽어드린 편지 내용을 통해서 알게 되었을 뿐입니다만, 이렇게 감동스러울 줄을 미리 알았더라면 친구들도 불렀을 건데, 그렇지 못해 아쉽습니다. 집에 가면 오늘의 얘기를 친구들과 나눌 생각입니다. 아무튼 오늘 이렇게 회갑을 맞으신 어머님, 오래오래 건강하십시오. 그런데 어머님, 어머님께 한 가지 제안을 드리고 싶은데 받아주시겠습니까?"

사장의 제안이 무엇인지는 몰라도, 회갑을 맞은 서옥숙을 쳐다보면서 말하는데 회갑연 주인공으로서 듣고만 있을 수가 없어 이렇게 말한다.

"사장님의 말씀인데 어떻게 아니라고 하겠습니까. 말씀하십시오."

"다름 아니라, 양위분에게 해외여행권이라도 드리고 싶으니 받아주십시오. 그동안 너무도 바쁘게만 살아오셔서 해외여행도 못 하셨을 것 같은데, 여행을 충분히 하시기에는 많이 부족할 것 같으나, 6개월짜리 해외여행권입니다. 이것만이라도 드려야 제가 이렇게 참석한 보람이 있을 것 같습니다. 그러니 어머님께서는 제 생각을 받아주십시오."

생각지도 못한 느닷없는 해외여행권이라니. 그것을 고맙다고 덥석 받기는 아무래도 아닌 것 같아 서옥숙은 일어서 대답한다.

"사장님, 제가 뭔데요. 사장님이 이렇게까지 오셔서 제 회갑연을 축하해주신 것만도 감사한 일인데, 크나큰 해외여행권도 주려고 하십니까. 아무튼 주시는 선물 감사하게 받겠습니다. 사장님, 고맙습니다. 그리고 기왕에 이렇게 일어섰으니 제 회갑연에 참석해주신 여러분들에게 인사부터 올려드리겠습니다."

"안녕하세요, 모두들 하시는 일이 바쁘실 텐데, 제 회갑연을 축하해주시기 위해 이렇게 많이들 오시다니요. 제가 뭔데요? 제가 오늘 회갑연 주인공은 맞지만, 그러나 지극히 평범한 동네 아줌마일 뿐입니다. 오늘이 있기까지는 우리 아들들이 주선했지만, 전혀 생각지도 못한 일이라 당황스러워 솔직히 부담도 됩니다. 제가 어떤 삶을 살아왔는지 얘기해도 될지 모르겠지만, 그런 얘기를 잠깐 하자면, 우리 아들들의 편지를 들으신 대로 이것은 자식들로서 효심의 발로지, 그렇게까지 대접을 받을 만큼 삶을 살았다고 저는 생각지 않습니다. 다른 엄마들처럼 주어진 삶을 그냥 살았을 뿐입니다.

그렇게 사는 동안 아들들로부터 행복도 맛봤고, 공짜라고는 말할 수는 없겠으나 남들은 먹을 것도 부족해서 어려움도 겪을 때 저는 맛있는 음식도 원 없이 먹었고, 지금이야 세월 때문에 어쩔 수 없이 노인 길에 서 계시기는 하지만 남편이신 전기선 장로님으로부터도 한없는 사랑을 받았고, 지금까지도 받고 살아가는 저입니다. 그렇게 보면 다른 사람들은 누리지 못했을 것 같은 행복도 누리고 있습니다. 여러분들이 보시다시피 우리 아들들은 이 어미를 위해 존재하는 건가 하는 착각이 다 들 정도입니다. 우리 막내아들 인사말을 들으셨겠지만, 저는 제가 좋아서 그랬지, 자기를 위해서 그런 게 전혀 아니었는데, 제 앞에서 고맙다는 눈물까지 보이네요. '그런 인사는 너무 부담스럽다 야' 하고 말리고도 싶었습니다. 지네들 생각이야 친자식도 아닌데 친자식 이상으로 키워주었다는 감사 의미의 인사겠지만, 어디 제가 키운 것입니까. 지네들이 스스로 알아서 커준 거지요. 그렇게 보면 제가 되레 고맙다고 해야 맞지 않을까 싶기도 합니다.

그런데도 사장님께서는 이렇게 오신 것만도 감사한 일인데, 장장 6개월짜리 해외여행권까지 주시다니요. 그것을 아니라고 못 하고 감사하게 받겠다고 말씀을 드렸습니다. 그러면 저도 사장님께 감사의 답으로 무언가를 드려야겠지만, 좋은 생각이 쉽게 떠오르지 않아 그냥 부탁의 말씀만 드릴까 합니다. 다름이 아니라 6개월짜리 해외여행권은 저에게 주시겠다고 말씀하셨지만, 사장님의 귀하신 맘만 받고. 그 여행권이 누군가를 위해 쓰이면 좋겠다는 생각이 듭니다. 사장님께서 경영하시는 회사 직원들 중 생활 형편이 넉넉지 못해 도움을 필요로 하시는 가정을 선발해서 제 이름으로 드리는 것입니다.

우리 부부는 나이 때문이기도 하지만, 남편은 평생을 교육자로만 살아오셨고, 저도 유치원과 학원을 경영하고 있는 입장이라, 국내여행도 며칠간은 가능할지 모르겠으나 장기간은 어렵겠습니다. 그렇잖아도 우리 막내아들은 지금까지 해온 일 그만 내려놓고 국내여행이라도 하라고 작년에 여행용 차량으로 개조된 차도 사주었어요. 캠핑카 같은 승합차를요. 그런 차량마저도 고맙다고만 하고 세워놓다시피 하고 있습니다. 그래요, 해외여행을 하고 싶은 맘이 전혀 없다고는 말할 수는 없겠으나, 그렇습니다. 어떤 분은 그렇게 말했다네요. 삶에서 가장 좋게 여겨지는 것들 중 첫째가 사랑이요, 다음으로 여행이라고…. 요 며칠 전 우리 아들들이 해외여행 말을 꺼내기에, 고맙기는 하다만 못 갈 것 같아 미안하다 그랬습니다. 여행을 못 할 체질은 아니겠으나, 내 집 내 침대로만 살아와서, 잠자리가 바뀌어 잠을 설치기라도 하면 병이 날 수도 있겠다 싶은 염려도 솔직히 들어서입니다. 사장님의 귀한 제안을 맘으로만 받게 되어 죄송합니다, 사장님."

그렇게 말을 마친 서옥숙은 회사 대표의 제안은 양위분이라고 했는데, 그러면 남편 여권이기도 하지 않은가. 그런 제안을 남편에게 묻지도 않고 일방적으로 결정해버린 것 같아 미안하다는 생각이었는지 남편의 표정을 본다. 그렇다. 부부는 숨김이 없어야 함은 물론이지만, 옳은 생각이라도 상대의 생각을 묻지 않고 결정을 내리면, 이혼이 가까이에서 기다리고 있음을 젊은 부부들은 알아야 할 것이다. 요즘의 이혼 사유가 그렇게 보여서다. 아무튼 진정한 부부로 생각한다면, 어느 누구도 용서 못 할 죽을 짓 말고는 용서의 맘과, 고마움의 맘과, 미안함의 맘과 행동이 절대적이지 않을까. 부부는 사랑이라고 말하기도 하지만, 의무가 아닌 사랑은 샤워해버리면 그만인 합방 같은 것일 수도 있기 때문이다.

날로 간절한
살붙이

아내의 회갑연도 8년이라는 시간이 흘렀다. 남편 전기선 장로는 아내의 회갑연을 보며 만감이 교차했다. 자기가 결혼하자고 한 게 아니라 아내가 말도 안 되게 너무도 졸라대서 한 결혼이었다. 그래도 되는 것인지도 모르고 결혼까지는 했지만, 스무 살도 못 된 새파란 아가씨라 과거로 돌아가고 싶은 변덕은 어쩌면 당연할지도 모르지 않은가. 때문에 곧 떠날지도 모른다는 생각은 늘 가지고 있었기에, 아내가 막상 행동으로 옮긴다 해도 그러지 말라고 가로막을 수도 없을 것 같았다. 그래서 만약이기는 하나 행동으로 옮기기라도 하면 어떻게 하나 고민도 했었다. 그랬지만 그런 고민은 기우였음이 50년을 말없이 살아준 것으로도 입증된 셈이다. 자신의 자식을 둘 수 있었음에도 두지 않고 자신의 아이들만을 위해 엄마로 살아준 것이다.

그래, 첫 아내는 떠날 수밖에 없는 병 때문이기는 하지만, "당신을 힘들게만 해놓고 이렇게 홀쩍 떠나게 되어 미안해요." 하는 말 한 마디 없이 떠나버린 바람에 앞이 캄캄해졌었다. 그런 처지에 내몰린 가정의 아내로 살아주었기에, 지금의 자식들은 어디다 내놔도 반듯하게 성장했다. '그동안 키워준 당신에게 얼마나 잘하는지, 고맙지만 미안도 합니다.' 전기선 장로는 그런 생각으로 아내 서옥숙을 바라보았다.

키워준 자식들이 잘해주고 고마움의 표현을 받기까지는 자신을 용감하게 던진 데서 비롯된 보험 성격이라고 할까. 오십도 안 된 나이에 어머니로 대접을 받게 되었다면, 의도한 행복이 아닐지라도, 결과적으로 자신을 위해 투자한 결과로 얻은 대접이지 않겠는가. 그런 대접이 몇 살까지 주어질지는 몰라도, 백세시대를 말하는 장수시대에서 세상을 떠날 때까지 계속될 것은 분명하다. 그러면 서옥숙처럼 자기 인생을 그런 데다 투자해볼 만도 하지 않을까. 얼굴에다 고급으로 아무리 찍어 발라도 얼마잖아 미워질 모습에다만 신경 쓸게 아니라. 그래서 지금까지의 얘기를 내 것으로 삼는다면, 키워준 자식들로부터 고맙다는 큰절도 받을 것이고, 남편은 남편대로 이렇게 고마워할 것이다.

"여보, 당신은 나락으로 떨어져버린 내 인생을 구해주었소, 정말로 고맙소. 이는 자신을 포기하지 않고는 불가능한 일인데, 우리가정을 위해 당신은 자식을 두는 문제까지도 포기했소. 그렇다면 당신은 사람이 아니라 천사가 분명하오. 그런 천사가 우리 집에서 내 아내로, 세 아들의 엄마로 살아준 것이오. 이런 얘기를 어디서든지 자랑하고 싶은데, 당신이 만약 자식을 갖고 싶어 자식을 낳았다면, 지금의 아들들이 되었을까요. 물론 짐작이기는 하지만 어림도 없었을 것입니다. 당신이 자식을 낳을 수 없는 사람도 아니면서 내 자식들만 키워준 이유가 거기에 있겠지만 말이오.

오늘이 있기까지 생각해보게 되는군요. 처음에는 아가씨라고 하기에는 성장과정에서 생기는 약간의 여드름도 있어 보이는 소녀티가 그대로인 당신이 다가와, 선생님의 세 아들을 위해 살고 싶은데 괜찮겠느냐고 물었을 때, "이 아가씨가 지금 무슨 말을 그렇게 하고 있는 거야? 내 처지가 이루 말할 수 없이 처량하기는 하지만, 그렇다고 염장 지르는 말 하지 말아요." 하고 쏘아 붙이기도 했었소. 그래도 당신은 내 아내가 되기로 작정하고, 진심이니 결혼하자고 졸라대, 결국에는 결혼하고 말았소. 하지만 이게 말이나 되는 일이오? 말도 안 되는 일이지만, 결국은 결혼해서 지금까지 살아왔습니다.

당시의 당신은 예쁘기도 하지만 신세대 여성이라고 할 수도 있어서, 언제 날아갈지도 모른다는 생각 때문에 진심일지라도 오십대에 이르기까지 의심을 했었소. 그랬던 의심은 50여 년이 되도록 단 한 번도 싫은 기색 없이 살아가고 있으니, 그때의 당신 말이 진심이었음이 입증된 셈이오. 우리는 나이 차이가 너무 많아 부부간으로는 전혀 어울리지 않는 부녀 같은 부부로 살았소. 당신은 너무도 예뻐 나 같은 사람과 살기는 정말 아깝다는 생각이 지금까지도 들어요, 허튼 생각이 아니오. 그러니 잘 어울리는 형편과 손 붙잡고 바닷물로 날마다 씻어놓은 모래 길에서 추억도 남기며 살아보라고 보내주고 싶은 맘이오.

그냥 한번 해보는 생각이 아니오. 진심이오. '너무 사랑하니까 보내준다'는 말도 있다는데, 누가 그런 말을 했는지는 몰라도 지금의 나를 두고 한 말이 아닐까요. 아무튼 그동안 정성을 다해 키워준 세 아들은 탈 없이 성장들 해서, 제 갈 길들을 가며 잘들 살고 있네요. 그러니 이제부터는 그동안 날지 못했던 하늘을 한 번 훨훨 날아보라고 말하고 싶소. 싫지만 않으면 애들과 의논해서 내가 도와줄 수도 있겠는데 말이오.

지금 말한 하늘을 날 기회는 청춘이 이미 멀리 가버리기는 했지만, 길지도 않은 인생 남의 가정을 위해서만 온몸을 불살라서는 안 된다고 나는 생각하오. 그런 생각은 갑자기가 아니라 오래전부터요. 지금이야 세월 때문에 예수님을 품에 앉고 있는 성모마리아 그림처럼 예쁜 모습은 어쩔 수 없이 지나갔으나, 고운 모습만은 그대로예요. 지금의 나만이 아니라, 남편들은 누구든 아름다운 아내가 옆에 있어주길 어찌 바라지 않을 수 있겠소. 남자들은 다 그럴 것을 당신도 알고 있었는지 몰라도, 길을 나설 때마다 당신이 같이해주었으면 하는 이유도 거기에 있다고 보면 될 거요. 그렇지 않아도 당신은 그동안 내 생각대로 고맙게 해주었기에 다행이지만 말이오.

들기로 나이 먹은 오늘날의 남편들 대접은 말이 아니라는데, 서 권사님, 여보, 나 그대에게서 내 아내라는 쇠사슬도 풀어드리고 싶소. 그대는 지금도 곱기만 한데, 그런 고운 모습을 한 가정을 위해서만 그냥 보내기는 너무 아깝지 않겠소. 하늘 맑은 날 창공을 한 번 훨훨 날아보시오. 훨훨…"

"상호 아버지, 고마워요, 그런 생각까지 가지고 계시다니. 그래요, 회갑연 자리에서 말했지만, 나는 무너진 가정을 세우기 위해 살아온 것이 아니에요. 가질 수 있는 자식 문제도 그래요. 이미 태어난 자식이면 모든 것을 다 바치다시피 해서라도 잘 키워야겠지만, 젊어서는 자식을 두어야 한다는 생각을 전혀 갖지 못했어요. 지금에 와서야 생각이지만, 자식을 두지 않은 것이 후회가 되는 것은 숨길 수 없는 사실이지만, 자식을 두고 싶어 자식을 두었다면 오늘의 아들들이 못 되었을지도 모를 일이에요. 그것을 우리 세 아이들도 알고 있기에 효심을 회갑연 때 보여준 것이라고 나는 생각해요.

기독 신앙인이은 모든 일에 감사하며 살아야 할 의무가 있다면, 상호 아버지도 나도 기독 신앙인입니다. 그렇지만 사람의 맘은 굳센 신앙심일지라도 언제든지 변할 수 있어서, 변치 않게 해달라고 새벽기도에서 늘 그렇게 기도했어요. 상호 아버지, 상호 아버지는 내가 무슨 생각을 하고 있는지 알고 계시는지 몰라도, 지금의 제 맘을 솔직히 말씀드린다면, 상호 아버지가 지금도 엄청 아껴주시고, 그래서 남들이 보기에는 그 무엇도 부족함 없이 살아가는 것 같지만, 그렇지만 내게는 살붙이가 없다는 게 많이 외로워요. 이렇게 외로운 맘을 가임 여성일 때로 되돌릴 수는 도저히 없겠지만, 그래도 이런 맘을 알아줄 사람이라고는 아무리 둘러봐도 상호 아버지밖에 없어요. 그러니 지금의 내 맘을 상호아버지가 지켜주셔야 돼요. 상호 아버지, 그리고 더는 늙지 마세요. 나도 더 늙지 않을 테니까요."

자식, 자식, 자식….

무자식이라는 외로움이 찾아올 줄 누군들 생각이나 했으리요. 서옥숙은 외로움에 젖는다.